"百花词韵"系列丛书

邵泽华 著

百花词韵

阆苑

中国经济出版社
CHINA ECONOMIC PUBLISHING HOUSE

·北京·

图书在版编目（CIP）数据

百花词韵：阆苑／邵泽华著 . -- 北京：中国经济出版社，2024.6
ISBN 978 - 7 - 5136 - 7700 - 4

Ⅰ.①百… Ⅱ.①邵… Ⅲ.①诗词 - 作品集 - 中国 - 当代 Ⅳ.①I227

中国国家版本馆 CIP 数据核字（2024）第 061224 号

责任编辑　张利影
责任印制　马小宾
封面设计　任燕飞

出版发行	中国经济出版社
印 刷 者	北京艾普海德印刷有限公司
经 销 者	各地新华书店
开　　本	880mm×1230mm　1/32
印　　张	8.125
字　　数	180 千字
版　　次	2024 年 6 月第 1 版
印　　次	2024 年 6 月第 1 次
定　　价	98.00 元

广告经营许可证　京西工商广字第 8179 号

中国经济出版社 网址 http://epc.sinopec.com/epc/ 社址 北京市东城区安定门外大街 58 号 邮编 100011
本版图书如存在印装质量问题，请与本社销售中心联系调换（联系电话：010 - 57512564）

版权所有　盗版必究（举报电话：010 - 57512600）
国家版权局反盗版举报中心（举报电话：12390）　　服务热线：010 - 57512564

阆者,昆仑巅,仙神居也。仙神者,高情洁志,人所期也。繁花百色,荣荣千颜。所寄德性者,谓之仙葩。凡其所在,皆为阆苑。

其花无性,存乎一心,其法自然,通乎一情。是为净根深厚土,清华耀高天,餐风饮雨露,恬淡和人烟。所以顺天地之德者,无有出其右也。

其人有欲,自隔天地,故人弗全天地之德。遂有类仁义礼智信者,谓之人德。人德者,人之律也,奉而顺于人。

然,由心生律者少,以律制心者多。故少有通天地者,感天地之德于花,而多有以事物为警、戒、期、望者,寄人德于花。其德无高下,其德分广狭。

念花之天地德者,岂不类诗词乎?

故有此作,以三十六词牌叙三十六花之德性。

欲多显其天地之德,少言所寄人德。无以花言志者,亦无以花抒情者。所作所言,皆为其本。愿读者以见其真性,亦见其所寄之德性。

百花词韵：阆苑

　　欲广花容之丽，道卉史之缘。以美文辅佳图，绘其质，道其故，栩栩如生，若临其境。愿读者以见其好貌，亦见其渊源。

　　欲扬少知之格律，宣鲜传之词牌。花与词牌相应，韵与平仄相和。纾难解困，附以实例。蕴斟字选韵之道，藏酌句填词之机。愿有兴者可循而作词，亦可赏而怡心。

　　若所读者有所得，若所读者有所鉴，若所读者有所承，即书之大幸矣！

邵汉舒

前言

花朵是大自然的精灵,是人类灵魂的伴侣。初春傲雪的红梅,盛春如云的梨花,炎夏绚丽的玫瑰,清秋月下的淡菊,寒冬俏丽的水仙……它们以自己的芬芳熏染山川,在四季之中铺展出多彩锦绣,用美丽和生机诠释着自然美妙的韵律。

中华文化与花有着深厚的渊源。"华"字本义为花开[①]。中原先民以花自表,寄托物阜民丰的美好期望。国人对花的热爱和欣赏历经千年,形成了洋洋大观的国花文化,表现在生活的方方面面。比如,古人根据花的生长和凋谢情况,按照月份进行描述,称为"花月令",如正月兰蕙、二月桃花,直至腊月雪梅。

爱花的人以花为友,与花为伴,这是人生特有的乐趣。因为花虽然不会像人那样表达,但当人们细心欣赏它们时,能感受到花卉内在的精神。爱之以歌,托之以笔,为此,作者倾

---

① 《尔雅·释草》指出开花有"木谓之华,草谓之荣"之别,《淮南子·时则训》亦云"桃李始华",又顾炎武在《唐韵正》中说:"考花字自南北朝以上,不见于书",可见"华"字本义即"花开"。

百花词韵：阆苑

尽笔墨，以古典词牌作词来歌咏身边的花卉。本词集分三编，并按照花朵大致所处的生长环境以及人们对花朵的通俗认识归类，各命名为"阆苑""田园""山野"，每编含词三十六首，共一百零八首，统一名为《百花词韵》。

本词集有三种意义：一是传花之美韵，旨在表现群芳的精髓，传达花的美丽和芬芳，展现它们本来具有的信息内涵；二是传词之佳韵，挑选一百零八支词牌，分别写一百零八朵花，以词牌本义贴合花朵各自的精神，以格律表达隽永深长的意境，同时也传承历久弥新的中华优秀传统文化；三是传天之灵韵，从花的视角出发，探究伟大自然的神奇与奥妙，去热爱大自然、感悟大自然、传递大自然、享受大自然。

上编名为"阆苑"，主要在于本编所涉的花朵，如梅、兰、桂、菊等，多作为观赏花卉而为人们所熟知。与果蔬等植物的花朵所不同的是，这类花卉的栽培和传播，从功能、种植环境等方面看，都与花苑、庭院、园林等景观设施有关，其文化形象也更加贴近纯粹感官审美的偏好。这些花朵历经千百年的选种和培育，已成为人们共通的情感符号。欣赏这些花朵，也能激发人们热爱美好、崇尚自然的天性。当然，本书的分类是笼统的、大众的，并不是以植物学、园林学严谨的分类为依据，这一点请读者注意。

为了方便读者更好地了解词的含义，我们不揣浅陋，为邵

前 言

泽华先生所谱的新词撰写了注释。注释者包括李雯、董正刚、温志惠、邵汉舒、何雨秋、贾婧林等。我们深知,读者才是真正的作者,词作包括注释仅是为读者与自然沟通架起的一座小桥,愿读者轻步进入自然,由自己欣赏和领略其中的美好。

在撰写注释的过程中,个人因背景所限不免会存在一些不足,真诚地希望读者赐教斧正。

编者

1. 结构

1—1 本书的花卉编排顺序为1985年评选的"十大名花"在前,其余花朵按照花期依次排列。

1—2 每种花韵对应的内容分为"咏唱""词牌与词谱""赏析""识花"四部分。

1—3 "词牌与词谱"相关内容主要参考《平水韵》及《钦定四库全书》中的《钦定词谱》和《词林正韵》,词中格律本平可仄、本仄可平的均标为"中";平仄格律采用仿宋字体。

1—4 "识花"部分的配图均已取得相关网站授权。

2. 拼音及脚注

2—1 对于易念错的词牌名与生僻字,本书配有注音,如"中兴乐(lè)""柘(zhè)枝引"等。

2—2 对于相关资料来源与补充说明的内容,本书采用页下注的形式。

目录

卜算子·梅   001
一、咏唱   003
二、词牌与词谱   003
三、赏析   004
四、识花   006

画堂春·牡丹   008
一、咏唱   010
二、词牌与词谱   010
三、赏析   011
四、识花   013

醉花阴·菊   015
一、咏唱   017
二、词牌与词谱   017
三、赏析   018
四、识花   020

行香子·兰花   022
一、咏唱   024
二、词牌与词谱   024
三、赏析   026
四、识花   028

百花词韵：阆苑

好时光·月季花   030
    一、咏唱   032
    二、词牌与词谱   032
    三、赏析   033
    四、识花   035

破阵子·杜鹃花   037
    一、咏唱   039
    二、词牌与词谱   039
    三、赏析   041
    四、识花   043

好女儿·茶花   045
    一、咏唱   047
    二、词牌与词谱   047
    三、赏析   048
    四、识花   051

江城子·荷花   053
    一、咏唱   055
    二、词牌与词谱   055
    三、赏析   056
    四、识花   058

目 录

后庭花破子·桂花   060
     一、咏唱   062
     二、词牌与词谱   062
     三、赏析   063
     四、识花   065

望仙门·水仙花   067
     一、咏唱   069
     二、词牌与词谱   069
     三、赏析   070
     四、识花   072

风光好·迎春花   074
     一、咏唱   076
     二、词牌与词谱   076
     三、赏析   077
     四、识花   078

喜春来·白玉兰   080
     一、咏唱   082
     二、词牌与词谱   082
     三、赏析   083
     四、识花   084

百花词韵：阆苑

南歌子·木棉花　086
一、咏唱　088
二、词牌与词谱　088
三、赏析　090
四、识花　092

忆少年·风信子　094
一、咏唱　096
二、词牌与词谱　096
三、赏析　097
四、识花　099

醉太平·黄花风铃木　101
一、咏唱　103
二、词牌与词谱　103
三、赏析　104
四、识花　106

归字谣·含笑花　107
一、咏唱　109
二、词牌与词谱　109
三、赏析　110
四、识花　111

目 录

天仙子·栀子花   113
    一、咏唱   115
    二、词牌与词谱   115
    三、赏析   116
    四、识花   117

虞美人·虞美人花   119
    一、咏唱   121
    二、词牌与词谱   122
    三、赏析   123
    四、识花   125

醉花间·樱花   127
    一、咏唱   129
    二、词牌与词谱   129
    三、赏析   130
    四、识花   132

柳含烟·郁金香   133
    一、咏唱   135
    二、词牌与词谱   135
    三、赏析   136
    四、识花   138

百花词韵：阆苑

春光好·海棠花   139
    一、咏唱   141
    二、词牌与词谱   141
    三、赏析   142
    四、识花   144

啰唝曲·紫罗兰   145
    一、咏唱   147
    二、词牌与词谱   147
    三、赏析   147
    四、识花   149

醉公子·丁香   150
    一、咏唱   152
    二、词牌与词谱   152
    三、赏析   153
    四、识花   155

抛球乐·绣球花   156
    一、咏唱   158
    二、词牌与词谱   158
    三、赏析   159
    四、识花   161

目 录

捣练子·槐花   163
  一、咏唱   165
  二、词牌与词谱   165
  三、赏析   166
  四、识花   168

相思引·蔷薇   170
  一、咏唱   172
  二、词牌与词谱   172
  三、赏析   173
  四、识花   175

殿前欢·芍药   177
  一、咏唱   179
  二、词牌与词谱   179
  三、赏析   180
  四、识花   182

相见欢·玫瑰   184
  一、咏唱   186
  二、词牌与词谱   186
  三、赏析   187
  四、识花   189

百花词韵：阆苑

南乡子·茉莉花 190
一、咏唱 192
二、词牌与词谱 192
三、赏析 193
四、识花 194

天净沙·夜来香 196
一、咏唱 198
二、词牌与词谱 198
三、赏析 199
四、识花 200

中兴乐·百合花 202
一、咏唱 204
二、词牌与词谱 204
三、赏析 206
四、识花 207

柘枝引·合欢花 209
一、咏唱 211
二、词牌与词谱 211
三、赏析 212
四、识花 214

目 录

好事近·薰衣草 216
一、咏唱 218
二、词牌与词谱 218
三、赏析 219
四、识花 221

长相思·紫薇 223
一、咏唱 225
二、词牌与词谱 225
三、赏析 226
四、识花 228

桂殿秋·牵牛花 229
一、咏唱 231
二、词牌与词谱 231
三、赏析 232
四、识花 233

浣溪沙·木芙蓉 235
一、咏唱 237
二、词牌与词谱 237
三、赏析 238
四、识花 240

卜算子·梅

千里雪花飘,万树梨花放。

万户千村铺满银,喜盼花仙降。

仙子露红颜,白袖传风尚。

天地茫茫独送香,暗把花香酿。

〔宋〕马麟《梅竹图页》

卜算子·梅

一、咏唱

纵横千里,广阔无垠的天地中,雪花漫漫,纵情飘飞。大地焕发容光,群山落满白雪,万木披上银装,宛如梨花竞放,树树枝枝,簇簇团团,欢欣守望。

村连村,户连户,田间乡野,铺满银、堆满晶,延绵不尽。典礼就绪,千村万户欣喜以盼,翘首迎接花仙乘瑞雪降临。

红梅初开,花仙枝头归来,楚楚动人。透过轻盈白雪,露出美丽面庞,红颊犹若朝霞。花仙以白雪为袖,倚枝轻舒,衣袂飘香,洒下美好,风尚流传四方。

万物覆雪,天地茫茫,红梅花仙独立寒冬,送给严寒世界清幽花香。微笑之下,爱意如春。花仙把香气暗暗酝酿,化入冰雪,滋润万物,只为冰消雪融,春回世间。

二、词牌与词谱

"卜算子",词牌名,又名"百尺楼""楚天遥""眉峰碧"等。清代毛先舒《填词名解》云:"唐骆宾王诗好用数名,人称为'卜算子',词取以为名。"清代万树在《词律》中提到,北宋黄庭坚有词云"似扶着,卖卜算"的词句,认为"取义于卖卜算命之人"[1]。"子"是"曲子"的省称,即小曲的意思。

---

[1] 潘天宁.词调名称集释[M].郑州:中州古籍出版社,2016:15.

"卜算子",共六体,正体双调四十四字,前后段各四句、两仄韵,以南宋陆游《卜算子·咏梅》为例:

驿外断桥边,寂寞开无主。已是黄昏独自愁,更著风和雨。
中中中中平,中仄平平**仄**。中仄平平中中中,中仄平平**仄**。
无意苦争春,一任群芳妒。零落成泥碾作尘,只有香如**故**。
中中中中平,中仄平平**仄**。中仄平平中中中,仄仄平平**仄**。

毛泽东《卜算子·咏梅》:

风雨送春归,飞雪迎春到。已是悬崖百丈冰,犹有花枝俏。
俏也不争春,只把春来报。待到山花烂漫时,她在丛中笑。

三、赏析

对未来之事占卜,可谓"卜算子"。寒冬之中,花仙梅花临世,预示着春天将回归大地,恰如卜算现吉兆,故用该词牌。

本词上阕铺垫花仙降临前的祥瑞气象,下阕写花仙动人的风采和高尚的情操。

"千里雪花飘,万树梨花放。"以雪为花,一是预备迎仙,二是花仙形、神的预表。"千里""万树"起句,辽阔、远大,

卜算子·梅

漫天雪花飞舞，充满了欢动的元气，也让天地、树木焕发别样的光彩。这一句中，雪是花，花是雪，宛若如潮的梨花，纷涌开放，将广袤的世界装点得花团锦簇，正筹备着重要的仪式。隆冬时节，漫天的雪花是繁花飞舞的精魂，满树的雪梨花是吉祥的征兆，预示着花仙即将降临。

"万户千村铺满银，喜盼花仙降。"继续写盛大的迎接礼仪，视角由自然界转移到人间村落。"万户千村"对应上句"千里""万树"，普天之下，无所不至，雪落四野，覆盖了村庄，浩瀚无垠，世界呈现出一片晶莹、纯洁，增添了富庶、梦幻之气。人们被这喜庆的瑞雪感染，纷纷欢欣企盼，迎接踏雪而来的花仙——梅花。

在大雪纷飞的时节，唯有梅花，凌寒独自开。仙人的风姿是食雪饮露，仙人的风骨是玉洁冰清，而这正是梅花独有的品质。梅花是当之无愧的花中仙。人们迎仙，是为了向花仙祈祷，也感谢花仙将花朵——希望的象征带入世间。

"仙子露红颜，白袖传风尚。"正面描绘出花仙的美丽动人。开在雪中的红梅并不招摇，她谦逊而节持，只轻轻露出红颜，便神采非凡。点点红梅映白雪，朵朵白雪衬红梅，花仙纯洁无瑕、优美高贵。她的姿态和仙容，只有冰雪衣裳才相适。沿枝而落的白雪，如纱袖轻展。"白袖"，亦有"清袖"之高洁、清白的意蕴，故仙子风姿一出，就为万目所瞩。自古以来，梅花为世人赞美和传颂，人们总是不禁为之挥墨、吟咏，让她独领花界，尽为风尚所流传。

"天地茫茫独送香，暗把花香酿。"落到"香"字，由形入神，道出花仙缘何让天地万物、让万家百姓欢欣迎接。"天地茫茫"，冰天雪地之中，只有最坚韧的花朵才能开放。"独"，一是说明梅花历经百花所不能忍耐的彻骨寒而独来；二是说明花仙所送的这第一缕清香对于寒冬世界是何等珍贵，包含百花将开之喜讯。因此，"香"是花仙的灵气和仙魄，也是春的气息。"暗"字，既点出花仙的谦逊，又透露出花仙隐忍、坚强、笃定的内心，冰雪之后的春天并不会马上到来，仍需要不断磨砺。花仙将香气奉给人间，即使在冰雪之中，也将香气暗暗酝酿、慢慢运化、层层积淀，直到这香气召唤出繁花锦盛的那天，使世间都沉醉于春意盎然之中。

四、识花

梅花，蔷薇科杏属落叶小乔木，稀灌木。树皮浅灰色或带绿色。叶片为卵形或椭圆形，有细小的锯齿。花期1—3月。花先叶开放，花瓣倒卵形，五片，花香味浓，花萼常为红褐色。经过人们的选育，宜观赏的梅花种类包括大红梅、台阁梅、照水梅、绿萼梅、龙游梅等。

《山海经·中山经》就有"灵山,其上多金玉,其下多青䕫(huò),其木多桃、李、梅、杏"的记载。观赏梅花之风,大致始自汉初,西汉《西京杂记》载:"初修上林苑,群臣远方各献名果异树,亦所制为美名……梅七:朱梅、紫叶梅、紫花梅、同心梅、丽枝梅、燕梅、猴梅。"至南宋,范成大撰写了《范村梅谱》,成为世界上第一部梅花专著,书中收集了十二个梅花品种,详细介绍了其种植栽培方法。

梅花既列于"岁寒三友"(松、竹、梅),又入"四君子"(梅、兰、竹、菊),还入"雪中四友"(梅、水仙、山茶、迎春),在中华文化中占据着重要的位置,它代表的凌寒而开、引领众花的品格为人们深深喜爱。

画堂春·牡丹

春光明媚百花忙,争奇斗艳呈芳。

彩云挥袖色飞扬。觐见花王。

武后宫中拒放,洛阳城里飘香。

恭迎谷雨润新秧。百姓栖粮。

〔清〕马逸《国色天香图》

百花词韵：阆苑

一、咏唱

春光明丽，春色妩媚。大地百花盛开，艳丽风姿，姹紫嫣红争斗艳，尽展芳颜。

彩云挥开了霓裳云袖，洒出七色光芒，在上空飞舞飘扬。百花共仰，天地列宾，心怀尊崇，朝觐花中之王——牡丹。

曾经身在长安，牡丹违抗武后谕旨，拒不违时开放，遭受火焚，以焦躯遗于洛阳，终得天地滋养，重生绽放，名动京城，满城飘香。

值谷雨时节，牡丹引领群芳恭迎农神洒下春之甘露，滋润落地的新秧，只为天下百姓能安享盛世丰年。

二、词牌与词谱

"画堂春"，词牌名，又名"画堂春令""万峰攒翠"等。宋代秦观《淮海词》有词名《画堂春》，咏画堂春色，因以为名。画堂，指古代宫中有彩绘的殿堂，也泛指华丽的堂舍。

"画堂春"，共五体，正体双调四十七字，前段四句、四平韵，后段四句、三平韵，以秦观《画堂春·落红铺径水平池》为例：

落红铺径水平池，弄晴小雨霏霏。杏花憔悴杜鹃啼。无奈春归。

中平中仄仄平**平**,中平中仄平**平**。仄平平仄仄平**平**。中仄平**平**。

柳外画楼独上,凭阑手捻花**枝**。放花无语对斜**晖**。此恨谁**知**。

中仄中平中仄,中平中仄平**平**。中平中仄仄平**平**。中仄平**平**。

清代纳兰性德《画堂春·一生一代一双人》:

一生一代一双**人**,争教两处销**魂**。相思相望不相**亲**,天为谁**春**?

桨向蓝桥易乞,药成碧海难**奔**。若容相访饮牛**津**,相对忘**贫**。

三、赏析

花堂春盛如画,可谓"画堂春"。牡丹得花王之名,为花堂之主,一花开而春意胜,更蓄力迎雨,祈望五谷丰登、人间常春,故用该词牌。

本词的时间主线从现在回望过去,继而又展望未来,突出表现了牡丹在大起大落之中仍然心怀苍生、矢志不渝的精神。

百花词韵：阆苑

"春光明媚百花忙，争奇斗艳呈芳。"以百花竞放起笔，为后文花王牡丹的出场做铺垫。一是烘托牡丹之尊。"忙"，百花齐放，花红柳绿，缤纷绚烂，应接不暇，营造出觐见花王的隆重和热烈；二是可理解为百花争奇斗艳，虽美丽却不免流于群小，结合后文牡丹的凛然拒命，更能体现出牡丹厚重深沉、恪守使命与价值的精神。

"彩云挥袖色飞扬。觐见花王。"视角由大地转向天空，进一步为牡丹的尊贵做铺垫。百花在大地上呈艳，云彩在天空中呈祥。五彩的大地和七彩的天空交相辉映，共同向花王牡丹行礼致敬，这天地的盛荣也从侧面彰显了牡丹的国风与丰姿，更凸显出牡丹在花界、天地之中的崇高地位。

"武后宫中拒放，洛阳城里飘香。"以典故回顾了牡丹的往事[1]，深入花王不凡的经历和精神世界。相传，武则天在长安游后苑时，曾命百花开放。时值隆冬时节，百花慑于武后权势，俱违时而开，唯牡丹不为所动。武后大怒，命人纵火烧之，并贬牡丹于洛阳。牡丹得一方水土滋养，顺应天意，重生开放。新生的牡丹，花大而艳、富丽端庄，遍植城中，名扬天下。"洛阳地脉花最宜，牡丹尤为天下奇"[2]，在《洛阳牡丹记》中，欧阳修曾记载："洛阳人……至牡丹则不名，直曰花。其意谓天

---

[1] 出自宋代高承《事物纪原》卷十以及明代冯梦龙《醒世恒言》所载故事。
[2] 出自宋代欧阳修《洛阳牡丹图》。

下真花独牡丹，其名之著不假曰牡丹而可知也。其爱重之如此。"[①]随着洛阳牡丹的兴盛，"花王"的美誉[②]也流传开来。此句之"拒"字尤显牡丹独立自守、不为世俗权贵折腰的风骨。

"恭迎谷雨润新秧。百姓栖粮。"点题，道出牡丹缘何能被爱戴和觐见，更说明"花王"之名蕴含的使命和责任。"恭迎"，牡丹虽得天地倾心，但面对谷雨之神——农神，她仍然内心恭敬，与面对武后谕旨时的"拒"形成强烈对比，因为她的心里挂念着百姓的温饱，而非朝中君主的游兴。"栖粮"，指余粮存放于田头，借以称丰年盛世[③]。农神在谷雨时节，为万顷农田的秧苗降下春雨，为农人造福。为了迎接和感戴农神，牡丹只有在谷雨之时才全然开放，这是牡丹的品性，也是牡丹对信念的坚守。正因如此，国色天香的牡丹，终为天下人民所热爱。

四、识花

牡丹，毛茛科、芍药属，落叶灌木。茎高达2米，分枝短而粗，叶通常为二回三出复叶。花单生枝顶，花径10~17厘

[①] 出自宋代欧阳修《洛阳牡丹记》。
[②] 参见宋代欧阳修《洛阳牡丹记》，钱思公尝曰："人谓牡丹花王，今'姚黄'真可谓王，而魏花乃后也。"
[③] 参见《淮南子·缪称训》："昔东户季子之世，道路不拾遗，耒耜（lěi sì）余粮，宿诸亩首。"又见宋代宋祁《皇帝幸玉津园省敛颂》："揉耒以识帝农之来，栖粮而歌东户之泰。"

百花词韵：阆苑

米；花梗长4~6厘米；苞片5，长椭圆形，花期5月。在栽培类型中，根据花的颜色，牡丹品种有100多种，以黄色、绿色、肉红色、深红色、银红色为上品，尤其以黄色、绿色为贵。

牡丹是中国特有的木本名贵花卉，有1500多年的人工栽培历史。据唐代韦绚《刘宾客嘉话录》记载："北齐杨子华有画牡丹极分明。子华北齐人，则知牡丹久矣。"又据宋代《太平御览》谢康乐说："南朝宋时，永嘉（今温州一带）水际竹间多牡丹。"可见，牡丹被作为观赏植物栽培始于南北朝时期，至隋唐时期达到兴盛。唐代诗人白居易"花开花落二十日，一城之人皆若狂"和刘禹锡"唯有牡丹真国色，花开时节动京城"的诗句描写了当时洛阳牡丹盛开、人们倾城观花的盛况。1985年5月，牡丹入选"中国十大名花"。

牡丹也是知名的中药，丹皮是用牡丹根皮炮制而成的，能够活血化瘀、清热凉血，可与多种中药配伍。

醉花阴·菊

一花独放千花退,霜润黄花蕊。

风送冷香来,举酒邀花,未饮人先醉。

菊香伴我观花纬,细品花中味。

伸手抚黄花,不解花情,只见花流泪。

〔清〕汪承霈《菊轴》

醉花阴·菊

一、咏唱

秋风乍起,万千繁花随风飘逝,隐退无痕,唯有菊花独立寒秋,饮冰霜如甘露,滋润花蕊,迎风绽开。

幽幽冷香,融入风中,飘送而来。举起美酒,欲与花共对,酒未入肠,花香花色已先让人沉醉。

菊香轻笼萦绕,陪伴在我身边。观看花朵,她瓣如金缕,纤如丝纬,使人一遍遍细细品味其中的幽韵,含藏的时光。

动情处,不禁伸出手触碰花朵,温柔的指纹抚过花身,轻轻无语,试把心换。仍旧未解菊花隐藏的情衷,只看见凝结的寒露如泪珠,从花心滴落。

二、词牌与词谱

"醉花阴",词牌名,又名"醉春风""醉花去"。此调首见于宋代毛滂词,因其中有"人在翠阴中"句,故取其句意为词调名。

"醉花阴"词牌格律统一,无变体,双调五十二字,前后段各五句、三仄韵,以宋代毛滂《醉花阴·孙守席上次会宗韵》为例:

檀板一声莺起速,山影穿疏木。人在翠阴中,欲觅残春,春在屏风**曲**。

中中中中平中**仄**，中中平中**仄**。中仄仄平平，中仄平平，中仄平平**仄**。

劝君对客杯须**覆**，灯照瀛州**绿**。西去玉堂深，魄冷魂清，独引金莲**烛**。

仄平仄仄平平**仄**，中仄平平**仄**。中仄仄平平，中仄平平，中仄平平**仄**。

宋代李清照《醉花阴·薄雾浓云愁永昼》：

薄雾浓云愁永**昼**，瑞脑消金兽。佳节又重阳，玉枕纱厨，半夜凉初**透**。

东篱把酒黄昏**后**，有暗香盈袖。莫道不消魂，帘卷西风，人比黄花**瘦**。

三、赏析

醉于花阴之下，可谓"醉花阴"。本词中的赏花者见菊花之美，意动神摇，不饮而醉，故用该词牌。

本词中，人与花之间的交流层层递进，顿止于"不解花情"，使人更觉达到真诚理解的可贵与难得。

"一花独放千花退，霜润黄花蕊。"以"一"比"千"，

醉花阴·菊

勾勒出菊花独立而明亮的形象。严霜对百花而言是难以承受之重,在霜威之下,百花纷纷退却,但对于菊花,寒霜化露,清冽如醇,恰为生命的滋养,使菊花绽放如金。菊花在秋天里卓尔不凡,引人瞩目,引出下句。

"风送冷香来,举酒邀花,未饮人先醉。"将视角转移到赏花人,情节也进入人花试探交流的场景中。"冷香",风冷,菊香亦冷,异香入鼻,犹有寒意,却更引人遐思和着迷。被激发了兴致的人,以酒为引,想"邀"菊花倾杯交心。在菊香的缭绕中,华美孤绝的菊,气韵浓烈,美得动人心神,胜过美酒,使人不醉于酒,而"先醉"于花。

"菊香伴我观花纬,细品花中味。"情绪再进一步,经由香气吸引,以至落目菊身,观赏菊花的经纬、纹理。菊花的纹理,一方面隐喻着与赏花人之间缘分的种种线索,唤醒了赏花人的依依情愫;另一方面好似引线,带着赏花人的爱慕之心愈加细密。赏花人审视着菊花的丝丝花瓣,体会"花中味",试图解读菊花的心思。

上文从"邀"到"醉",从"观"到"品",再到"抚""伸手抚黄花,不解花情,只见花流泪",逐步深入。人对着菊花,望之入神,以为自己已经慢慢走进了菊花的内心世界,于是不禁伸手轻抚菊花。但菊花默然无语,霜气又聚,凝成露水滑落,像是菊花委屈又哀伤的泪珠。见到这突然而下的"泪珠",赏花人惊梦般从自我沉醉中回过神来,原来自己"不解花情"。

其实,从赏花者的角度来看,自始至终,他都一味唯"我"而看。从被花香吸引到动情之处手抚花朵,都是自顾自猜想,而不是真正了解菊花捱过三秋、独秀于草木的本心为何,也就终不得菊花心门而入了。

尾句有抱憾之感,亦似有后情待解,留有悬念,引发人进一步的思索。

四、识花

菊,又名"秋菊""菊华""黄花""节华""鞠"等,菊科菊属,宿根草本植物,是我国传统名花之一,也是世界四大切花(菊花、月季、康乃馨、唐菖蒲)之一。菊花为头状花序,外围是舌状花,大小、形状变化很大,有平瓣、匙瓣等多种,颜色有黄色、白色、红色、粉色、紫色、复色等。菊花为短日照植物,喜阳光,忌荫蔽,怕涝,花期9—11月。

菊花是经长期人工选择培育的名贵观赏花卉。从文献记载来看,菊花在我国已有3000多年的栽培历史。《礼记》一书载:"鞠(菊)有黄华";《夏小正戴氏传》中有"九月荣菊……

菊荣种麦，时之急也"；战国时期的屈原在《离骚》中写道："朝饮木兰之坠露兮，夕餐秋菊之落英。"说明菊花很早就融入了中华民族文化历史长河。到了宋代，菊花的栽培更加兴盛，已由原来的陆地栽培转向盆栽，也正式由田园栽培的自然观赏过渡到人工造型艺术的欣赏。陆游的《老学庵笔记》中记有菊花的栽培、管理、繁殖、整形、摘心、病虫害防治等一系列知识。刘蒙的《刘氏菊谱》（1104年）也在此时成为世界上第一部艺菊专著。

在我国源远流长的养菊、赏菊、品菊、咏菊、画菊传统中，菊被赋予高风亮节、不屈不挠的精神内涵，是民族精神的象征。此外，《本草纲目》介绍菊花"花可饵，根实可药，囊之可枕，酿之可饮"，菊花具有养肝、明目、清热、解毒的功效。

行香子·兰花

空谷幽娴，静逸流芳，黄衣传韵结春光。

紫裙垂坠，绿袖微扬。引朝云迷，午雨醉，晚风狂。

华庭淡雅，斯文馥郁，万缕千丝气悠长。

美人纫佩，君子文章。蕴心高洁，品质朴，意纯良。

〔清〕沈世杰《兰轴》

百花词韵:阆苑

一、咏唱

山谷空旷,无鸟兽迹,有名幽兰,娴静自立。其形未动,其神乃逸,邻境无风,华芳自溢。着黄衣,传灵韵,和生发之机,盈自得之信。涣阳结光,明明如辉,是为春讯。

其下紫茎,有若丽裙,轻垂柔坠,仪善态纯。翠叶围周,青脉成纹,扬如美袖,敛如隐珍。是谓:朝云携彩迷颜色,午雨涤尘醉姿身。晚风清气狂痴处,只为嗅得惠兰芬。

翩翩窈窈,郁郁欣欣,俊容天眷,德行本真。华庭不改淡雅,寸寸香飞斯文。绵绵其馥了无痕,恰是人恬物润。

美人感焉,所悦其馨,纫以为佩,愿有所萦。君子感焉,所悦其行,文以章句,愿有所承。无骄无躁,无惧无惊,洁心朴品纯良意,瑞蕊琼花叶长青。

二、词牌与词谱

"行香"意为烧香,行香者多为上位之人①。宋代程大昌《演繁露》云:"'行香'即释教之谓'行道烧香'也。"唐代张籍《送令狐尚书赴东都留守》诗:"行香暂出天桥上,巡礼常过禁殿中。""行香子"调名本意即以小曲的形式歌咏拜佛仪式中的绕行上香。

---
① 丁福保. 佛学大辞典[M]. 上海:上海书店出版社,1991:1077.

行香子·兰花

"行香子",共八体,正体双调六十六字,前段八句、四平韵,后段八句、三平韵,以宋代晁补之《行香子·同前》为例:

前岁栽桃,今岁成蹊。更黄鹂、久住相知。微行清露,细履斜晖。对林中侣,闲中我,醉中谁。

中仄平平,中仄平平。中中中、中仄平平。中平中仄,中仄平平。仄中平中,中中仄,仄平平。

何妨到老,常闲常醉,任功名、生事俱非。衰颜难强,拙语多迟。但酒同行,月同坐,影同嬉。①

中平中仄,平平中仄,仄中平、中仄平平。中平中仄,中仄平平。仄中平中,中中仄,仄平平。

宋代苏轼《行香子·过七里濑》:

一叶舟轻,双桨鸿惊。水天清、影湛波平。鱼翻藻鉴,鹭点烟汀。过沙溪急,霜溪冷,月溪明。

重重似画,曲曲如屏。算当年、虚老严陵。君臣一梦,今古空名。但远山长,云山乱,晓山青。

---

① 《钦定词谱》所载为:"但醉同行,月同坐,影同归。"

三、赏析

行香时,以香为信、用心祈盼,使天地人灵之间沟通。词中,兰花既得空谷之灵气,又在人间庭院呈君子之风,其香气漫溢,与行香时烟气袅袅的寓意相通,故用该词牌。

上阕写幽静山谷之兰,体现其自然静美的特质。

"空谷幽娴,静逸流芳","空""幽""静"等字,以空灵邈远之境契合兰花隐逸、自在、超然的天性。"娴",身在天一方,兰花静自淡然,以香气将娴静之气自然流露。明代名臣张居正的《七贤咏叙》说:"夫幽兰之生空谷,非历邈绝景者,莫得而采之,而幽兰不以无采而减其臭[①]。"兰花自然开放,一开便有无尽的芬芳,不为外界是否关注而改变本性。这种品质正如孔子所言"人不知而不愠"的君子之风,与后文"君子文章"相通。

"黄衣传韵结春光","紫裙垂坠,绿袖微扬",进一步描写兰花唯美的风姿。"黄衣""紫裙""绿袖"将一身仙韵飘飘的兰花着色而出。兰花高立,黄色的唇瓣如少女身披云肩,将芳情与春韵传递,更结春光无限,紫色的花茎如裙束,更显其姿态窈窕;修长的叶如碧绿的衣袖,微微上扬,笼纳谷中清风玉露入怀。"结"有二意,一为凝结,花凝春光而开,

---

[①] 臭,音 xiù,指气味。

行香子·兰花

花开而春光亦开;二为联结,兰花之灵气往来于山谷,与其中蕙草春烟、飞鸟春喧、山光水色彼此为一,花开之外,亦有春光如织。

"引朝云迷,午雨醉,晚风狂。""云""雨""风"皆为自然物象,切合本阕山野环境,也表明山谷气候易变,但它们的爱兰之心相同。"迷""醉""狂"赋之以通人的灵性。自朝至晚,云来雨落、雨歇风起,因能见到和陪伴兰花而得逍遥与欢愉。空谷佳人,抱幽逸芳,仙子神飞,独在谷中,天地对兰花的情与爱如醉如痴,深沉而热烈。

下阕视角从空谷转移至烟火人间,写华庭之兰,体现其人文品质。

"华庭淡雅,斯文馥郁,万缕千丝气悠长。""淡雅""斯文"等,是兰花身临人间时表露的气质。兰花素净而优雅、谦逊而温和,其香气随着幽然开放的花朵,如万缕千丝,余韵悠悠,绵绵不断。深山与华庭,境遇相殊,但兰花以出世之心行入世之事,清质慧心,以其天赋本真,尽显底蕴与修养。

"美人纫佩,君子文章。"进一步提炼兰花在社会文化中的价值和意义。战国时期屈原在《离骚》中吟唱"扈江离与辟芷兮,纫秋兰以为佩",兰花既可比绝世佳人,也可作香包而纫戴,又如谦谦君子与其笔下挥洒的文采。"兰本三年而成"(《晏子春秋·内篇杂上》),兰花虽为花草,但经年长蓄,香含正气、形质落落。生俱天赋,而犹能潜其心、持其志、修其身,是兰花之所以始终作为美德与仁政的象征,作为高士、雅客的自表。

"蕴心高洁,品质朴,意纯良。"点题并总结兰花蕴于美人、君子之中美好的品质。"心""品""意",由内心到外在品行,再到其秉持的意愿,这些都是兰花之性的展露。兰花心地高尚纯洁、品性朴实无华、意愿纯正善良,在喧杂的人世,守得一方清明;不事雕琢,而予世界以素洁与清香。于华庭之中见到兰花,亦犹如身处明远的空谷。外境虽流变不息,但兰花之意自始至终,纯洁无瑕,遍满世间。

四、识花

兰,单子叶植物纲兰科兰属植物。附生或地生草本,叶数枚至多枚,通常生于假鳞茎基部或下部节上,基部一般有宽阔的鞘并围抱假鳞茎,有关节。总状花序具数花或多花,颜色有纯白色、白绿色、黄色、红色、青色、紫色等。中国传统名花中的兰花仅指若干种地生兰,如春兰、蕙兰、建兰、墨兰和寒兰等,即通常所指的"中国兰",大多属于建兰亚属,虽没有硕大的花、叶,

行香子·兰花

却具有质朴文静、淡雅高洁的气质。一年四季都会有不同品种的兰花开放。

中国人历来把兰花看作高洁典雅的象征,并与"梅、竹、菊"并列,合称"四君子"。汉代蔡邕(yōng)在《琴操·猗兰操》中说:"《猗兰操》①者,孔子所作也。孔子……过隐谷之中,见芗②兰独茂,喟然叹曰:'夫兰当为王者香……'"历朝历代文人墨客对兰花偏爱有加,形成一整套完整的艺兰技术和鉴赏标准,进一步上升为兰文化。特别是到了魏晋以后,兰花常用于点缀庭院,曹植《秋兰被长坂》中对此有过描写。唐宋时期,栽培养兰已经盛行,唐代杨夔(kuí)在《植兰说》中载:"或植兰荃,鄙不遄茂。乃法圃师汲秽以溉,而兰净荃洁,非类乎众莽。苗既骤悴,根亦旋腐。"③至宋代,国兰栽培益盛,艺兰专著面世。南宋赵时庚于1233年写成的《金漳兰谱》是世界上第一部兰花专著。

据统计,迄今为止,符合国兰鉴赏文化的兰花已经有1000余种,蔚为大观,说明兰花深得民间喜爱。

---

① 《猗兰操》出自《乐府诗集》,又名《幽兰操》,是琴曲作品,也是兰诗。猗(yī),美盛的样子。
② 芗,音 xiāng,指谷气。
③ 句意指,一些人轻视兰生长不快,便效法园丁以秽粪浇溉催长。而兰花净洁,和一般花草不同,很快便苗悴根腐。

好时光·月季花

日丽风吹香浪,花荡漾、好时光。

红粉白黄颜色好,花开四季芳。

绿叶生锯齿,木满刺、自成墙。

护好花皇后,月月有花香。

〔清〕蒋廷锡《兰花月季图》

百花词韵：阆苑

一、咏唱

温暖的阳光洒满大地，温柔的季风拂向田野，吹动一株株月季，涌起一阵阵甜香，绵延成浪，美丽的花儿在香海中摇摆荡漾，汇成美好的时光。

红花似焰火，粉花若胭脂，白花如素纱，黄花像明灯，生得缤纷多彩，长得俏丽端庄，月季花四季常开，花香陪伴春、夏、秋、冬。

鲜花高贵，有枝叶的拥戴，绿叶层层叠叠，叶脉撑开锯齿一般的叶缘，满枝利刺包裹在外，犹如举起的尖矛，枝丫交错组成坚实的盾墙。

枝叶堡垒如御林军在拱卫，保护好花中皇后月季的安危，让美好的香气常驻于世，暮暮朝朝，月月开放。

二、词牌与词谱

"好时光"，词牌名，词见《尊前集》。《钦定词谱》《词律》等定为唐玄宗所制，即以结尾处"莫负好时光"末三字为词调名。《开元轶事》："明皇谙音律，善度曲，尝临轩纵击，制一曲曰《春光好》。方奏时，桃李俱发，又制一曲曰《秋风高》，奏之风雨飒然。帝曰：'此事不唤我作天公可乎？'词俱失传。惟《好时光》一阕……"

好时光·月季花

"好时光"词牌格律统一，无变体，双调四十五字，前后段各四句、两平韵，以唐代李隆基《好时光·宝髻偏宜宫样》为例：

宝髻偏宜宫样，莲脸嫩，体红香。眉黛不须张敞画，天教入鬓长。

仄仄平平平仄，平仄仄，仄平**平**。平仄仄平平仄仄，平平仄仄**平**。

莫倚倾国貌，嫁取个，有情郎。彼此当年少，莫负好时光。

仄仄平仄仄，仄仄仄，仄平**平**。仄仄平平仄，仄仄仄平**平**。

三、赏析

充满快乐与幸福的美好时光，即谓"好时光"。本词中，月季的美好装点了世界，被月季装点的世界不断延续，故用该词牌。

"日丽风吹香浪，花荡漾、好时光。"和风与阳光、激荡的花香、朵朵月季共同组合，呈现出一个明亮醉人的天地佳境。"香浪"，月季传递的馨香乘风如浪涛，展现朵朵月季组成的花海。香带着花而动，花带着香而开，美不胜收，令人心旷神怡。"好时光"，美景摄入良辰，所谓恰到好处，正是空间与时间的和合，自成风景。

百花词韵:阆苑

"红粉白黄颜色好,花开四季芳。"将前两句一刻、一段的"好时光"进一步延展。月季红色、粉色、白色、黄色,缤纷多彩;月季的花期,前后相续,四季不辍,正如花名所言。有了月季的世界,不用担心缺少花香;有了月季的岁月,多了美好与芬芳。

"绿叶生锯齿,木满刺、自成墙。"下阕首句道出了月季常开的原因,美好的事物需要一定的条件才能出现并维持。"齿""刺""墙",从温柔的花转写锐刺与坚枝。锯齿般的叶片、长刺的枝条,荆条交织如城墙般厚实。鲜花的花瓣多显得柔弱,美好时光也往往短暂,而月季能穿越四季,得益于其拥有的强有力的保障。

上两句的叶和刺组成防线,如御前侍卫;结尾"护好花皇后,月月有花香"继续延展至世界对月季的"护"。月季作为花中皇后,不仅受到忠实的护卫,也受到温情的照护、热烈的拥护,因此月月有花香。尾句之"香"既与本词首句之"香"呼应,又使意境得到升华,从眼前的美继续延展,以至岁月长久。

月季之能成为花中皇后的原因有三。其一,在于其坚持不懈,长秀于芳园,"牡丹最贵惟春晚,芍药虽繁只夏初,惟有此花开不厌"[1],芳容不败,恒久为贵,终受尊重。其二,在于

---
[1] 出自宋代苏轼《月季》。

其美丽中自带威严，月季的护卫军可谓"嫡出"，与生俱来，强有力的手段是维持其高贵的重要条件。其三，在于月季的作用，其往往凭借一己之力撑起整座花园，从拱门、窗边到围墙，月季在无花处填补着空白，在需要时美化着残缺，在萧瑟里绽放着春色，润饰着春、夏、秋、冬。

给世界以美好，必受世界爱戴而得以高贵。

四、识花

月季，蔷薇科蔷薇属；常绿或半常绿灌木，稀藤本。这一属中包括月季、蔷薇、玫瑰等。通常讲的月季，是指蔷薇属月季组中的植物，

包含月季花、亮叶月季和香水月季。月季是常绿直立小灌木。小枝有粗壮略带钩的皮刺，树干青绿色，主干下部灰褐色。羽状复叶，长椭圆形，先端尖，叶缘有锯齿。

中国是月季发源地之一，也是最早栽培、选育月季品种的国家之一。五代时期，画家黄居寀（cài）的《花卉写生图册》中精确地描绘了多种月季花的形象。到了宋代，"月季花""长春花"的称呼开始流传。宋代司马温编著的《月季新谱》是

我国第一部月季花栽培专著，其中详细论述了月季栽培的环节。19世纪初，中国的"赤龙含珠"等四个品种传入欧洲。以"赤龙念珠"为决定性亲本，经多次杂交选育后的杂交种，被称为"现代月季"。

中国月季非常可贵的生物特性是可以连续开花。作为我国十大名花之一，月季花风姿绰约、花色娇艳，是山东莱州、江苏淮安、河北邯郸以及河南南阳等城市的市花。

破阵子·杜鹃花

雨打梨花相送,风吹杨柳相迎。

春去夏来空弄影,稻落苗生当有灵。杜鹃啼血鸣。

耕地犁田播种,插秧种豆萌青。

山上花开红烂漫,田里禾栽绿纵横。农人得太平。

〔清〕华嵒《春谷杜鹃图》

破阵子·杜鹃花

一、咏唱

细雨绵绵轻打梨花,素雪般的花瓣化入泥土,静静送别旧日时光。微风徐徐吹拂杨柳,翠枝温柔招手,迎来气象更新。

春日归去,夏日前来,时移物迁,变动不居,空如幻影。稻秧在农人的大手边落地,禾苗在肥沃的土壤里生根,所有的发生并非偶然,天地间恒常的灵气在其中牵引。听,杜鹃鸟久久不愿离去,啼出心血,鸣声回旋,呼唤人们勤加耕耘。

犁具翻动土块,耕车吃力前行,田地里播下新的种子。插下初生的稻秧,种好抽芽的豆苗,日日萌发青叶。

远山之巅,丛丛杜鹃花盛放,片片红色相连,染出霞一般的山脊。山下农田,禾谷成畦,田垄纵横交错,块块绿色组成网一样的大地。农人开垦出希望的田野,居天地,收得太平年。

二、词牌与词谱

"破阵子",词牌名,又名"十拍子"等,源于唐代三大乐舞之一,本为唐初军中乐舞,原名《秦王破阵乐》,后沿用为词牌名。据《隋唐嘉话》卷中:"太宗之平刘武周,河东士庶歌舞于道,军人相与为《秦王破阵乐》之曲,后编乐府云。"唐太宗李世民于贞观元年(627年)首次在皇宫奏《秦王破阵乐》,以纪念功定天下,以将乐与政通、与人和,此乐不为"扬威"，而为"宣德"。

"破阵子"词牌格律统一，无变体，双调六十二字，前后段各五句、三平韵，以宋代晏殊《破阵子·海上蟠桃易熟》为例：

海上蟠桃易熟，人间好月长圆。惟有擘钗分钿侣，离别常多会面难。此情须问天。

中仄中平中仄，中平中仄平**平**。中仄中平平仄仄，中仄平平中仄**平**。中平中仄**平**。

蜡烛到明垂泪，熏炉尽日生烟。一点凄凉愁绝意，谩道秦筝有剩**弦**。何曾为细传。

中仄中平中仄，中平中仄平**平**。中仄中平平仄仄，中仄平平中仄**平**。中平中仄**平**。

宋代辛弃疾《破阵子·为陈同甫赋壮词以寄之》：

醉里挑灯看剑，梦回吹角连营。八百里分麾下炙，五十弦翻塞外声。沙场秋点兵。

马作的卢飞快，弓如霹雳弦惊。了却君王天下事，赢得生前身后名。可怜白发生！

三、赏析

万众一心,阵前发扬蹈厉,以鼓动军心,是"破阵子"传达的意蕴。本词杜鹃,为鸟则号厉天宇,为花则展红若旗,催人耕种。其田若阵,其民若军,因杜鹃而激扬精神,故用该词牌。

本词的主线为"灵",归宿是人。词中杜鹃如精灵一般,成为理解自然之道的信使,成为自然的化身。

"雨打梨花相送,风吹杨柳相迎。""雨打""风吹",点明季节更迭,当梨花随雨飘落,杨柳随风展枝时,一岁便滑到了谷雨时节。暮春将逝,故梨花带雨相送;初夏接踵,有杨柳接风相迎。天时所设,是后文杜鹃花、农人、田稼等万物身处的际遇。

"春去夏来空弄影,稻落苗生当有灵。"时间流逝,有的带着离绪,有的怀着欣怡,而时间不为谁停留。第二句是在第一句有形事物基础上,进一步升华至更本质性的根据。"空弄影",春去夏来,时光荏苒,事物的物理形态都是短暂的,如影一般。但也有恒常的力量,遍历其间,指引牵领。这就是"灵",包含在如稻苗得以落地、庄稼得以生长这样平凡却不普通的事件里。什么是"灵"?或者可以将其称为"厚生之德",是自然本有及其赋予万物的生命精髓,虽超越了有形之物,却不离万物。

百花词韵:阆苑

"杜鹃啼血鸣。"这一句是对"灵"的具象化。"杜鹃"双关,鸟花同名,神髓共有。传说杜鹃鸟是蜀王杜宇的精魂,因他心里忘不了百姓,死后化作杜鹃鸟,在谷雨到来之时奋力鸣叫,"布谷"声声,提醒百姓下田播种。杜鹃啼血,鲜红的颜色正是杜鹃花的颜色,与下阕"红烂漫"呼应,更突出"灵"的精神和特质。

"耕地犁田播种,插秧种豆萌青。"下阕前两句上接杜鹃鸟催耕,并进一步从人类劳作的细节视角丰富了"灵"的表现。上阕"稻落苗生"是对农作物生长的客观描述;而这句中,耕翻土地、犁动田亩、播下种子、插下稻秧、种下豆苗、催萌青叶,是讲农人具体的劳动,展现出农人在辽阔沃野中辛勤耕耘、连贯劳作的画面。人贵为万物之灵,其意正在于此。

"山上花开红烂漫,田里禾栽绿纵横。"视野从前两句的近与细,扩展到高与阔。山上热烈绽放的杜鹃花在高处守望,正如别名"映山红"一样,如红霞铺满山。山下和山里的稻田纵横交错,苗壮成长,绿意醉人、充满希望。此句之"纵"①,意指这绿意不仅横贯田亩之中,也与上天合纵相连,更有绿意恣纵之意,对应着山巅的杜鹃花。同时,花在山巅,对上与杜宇灵鸟相通,对下与山川大地相连,得天地之气,沟通了雨、

---

① 在古韵中,"纵"可平可仄,"纵横"一词中的"纵"为平声,但此处非连用该词,不强调纵横之意,而强调向天而长的恣纵之态,取其仄声。

风、草木。天地、稼穑与人间,那醒目的红是"灵"明亮和纯粹的一种表露。

尾句"农人得太平"归题到人。《吕氏春秋·大乐》中说,"天下太平,万物安宁",太平是人们普遍的希望和追求,而"灵"的内涵和本质就是"太平"二字,只要人能得其时,循其道,勤耕不辍,就能得到太平安乐。

四、识花

杜鹃,杜鹃花目杜鹃花科杜鹃花属,落叶灌木植物。春鹃的开花时间一般为4月下旬,花期大约20天;夏鹃的开花时间一般为5月中旬,  至6月花谢。重庆西南,酉(yǒu)阳、秀山等地称杜鹃花为"映山红"。在公园里经常见到的品种为"锦绣杜鹃",叶片接近革质,长2~5厘米。新生叶表面生有稀疏褐色毛,随着叶片成长消失,而叶柄和树枝上则微有保留。"锦绣杜鹃"的花直径一般在6厘米左右,颜色由淡粉色到浓粉色,呈阔喇叭形,花朵分5瓣,花蕊弯曲。

杜鹃花种类繁多,花色绚丽,以红色最多,是中国十大传统名花之一,也是中国天然三大高山名花之一(另两个是龙胆和报春）。杜鹃花名与鸟同，大概自唐代开始。"诗仙"李白在《宣城见杜鹃花》中吟道："蜀国曾闻子规鸟，宣城还见杜鹃花。一叫一回肠一断，三春三月忆三巴。"白居易贬徙江西时，在《山石榴寄元九》中写道："山石榴，一名山踯躅，一名杜鹃花，杜鹃啼时花扑扑。"到明清时期，杜鹃花的栽培已较为广泛。明代文震亨所著的造园理论专著《长物志》记载"杜鹃，花极浪漫……花时，移置几案间"，说明当时杜鹃花已经被当作盆栽。

我国西南地区分布着种类繁多的杜鹃花。1856年，英国植物学家罗伯特·福琼在我国云南找到一种名为"云锦杜鹃"的杜鹃花，这种颜色多变、香气袭人的杜鹃花成为后来栽培杜鹃花的重要亲本，让杜鹃花真正成为一种世界普遍种植的园林观赏花卉。

好女儿·茶花

翡翠扮成茶,仙女化成花。

白粉红黄纯美,叶里默安家。

织雪做袈裟,伴寒梅、松竹清遐。

笑迎春日,千花漫放,万色同华。

〔明〕张宏《仿陆治茶花水仙图》

好女儿·茶花

一、咏唱

片片浓绿焕发光泽,碧色欲流,是莹莹翡翠点染装扮,妆成了茶花翠叶;枚枚花瓣如玉质,凝成神仙玉骨,是翩翩仙子下凡而来,幻化成朵朵娇花。

茶花光润玉颜,色泽纯粹;清雅白色,素洁剔透;淡淡娇粉,如梦似幻;浓丽嫣红,丽质天成;明媚鹅黄,灿烂夺目。茶花分外耀眼却不张扬,美得高雅纯洁,柔肠百转,在绿叶中静静绽放,默默安家。

大雪纷纷扬扬飘落,茶花淡然承接,编织起一袭袈裟,与白雪融为一体,享受自然的馈赠;亦与傲雪凌寒之梅、挺拔不屈之松竹为伴,仙风飘逸,清妙脱俗,遗世独立。

清遐一冬的茶花,愿做早春的使者,笑迎春日来,笑看众花开。千颜万色烂漫绽放,各展风华;又尽皆为春代言,齐放光彩,共谱万紫千红的春天。茶花欣然融入其间,共享繁华缤纷。

二、词牌与词谱

"好女儿",又名"绣带儿"或"绣带子"(取自黄庭坚词"懒系酥胸罗带,羞见绣鸳鸯"句)等。"女儿"多指年轻的未婚女子,调名本意即咏美好女子。

"好女儿",共三体,正体双调四十五字,前段四句、三平韵,后段五句、三平韵,以宋代黄庭坚《好女儿·小院一枝梅》为例:

小院一枝梅。冲破晓寒开。晚[1]到芳园游戏,满袖带香回。
中仄仄平平。中中仄平平。中仄平平平仄,中仄仄平平。

玉酒覆银杯。尽醉去、犹待重来。东邻何事,惊吹怨笛,雪片成堆。

中仄仄平平。仄中中、中仄平平。中平平仄,平平仄仄,仄仄平平。

三、赏析

"好女儿"是专门歌咏女子美好的曲调,女子美好,或高贵优雅,或纯洁无瑕,或温婉柔美,不一而足。此数美在茶花上皆体现得淋漓尽致,故用该词牌描绘茶花。

开篇"翡翠扮成茶,仙女化成花",巧妙地将"茶花"藏[2]于翡翠与仙容之中。一抹翡翠之色映入眼帘,即刻引发观者浓厚的兴趣,正欲探究,便发现这是茶花的翠叶,此为一美。绿丛之中,更有明丽婉约的色彩,此为二美,美上加美。借"翡翠"与"仙女"之珍奇、令人心驰神往的特质,生动地引出茶

---

[1] 《钦定词谱》所载为:"偶到芳园游戏。"
[2] 亦有"藏尾"之意。

好女儿·茶花

花,含蓄而带着俏皮。能以翡翠为叶、仙姿为花的茶花,其美自不必言说。

"白粉红黄纯美,叶里默安家。"承接前两句,由花过渡到叶,从茶花的外形之美递进到品性之美。"白粉红黄"是对"仙女"的具象化,素白纯真、娇粉柔婉、嫣红妩媚、鹅黄明艳正是"仙女之姿"的具体表现,"茶花照眼明"[1],其美虽分外夺目,却能恪守其"纯"。"纯美"一为色泽之纯净美,茶花花瓣剔透而少有斑驳杂色,白色、粉色、红色、黄色花朵皆晶莹无瑕;二为品性之纯洁美,茶花美态天成而不张扬,对叶怀有浓厚的情谊,珍而重之,默默谦让,"默安家"便是对"纯美"的一重印证,茶花在仙姿之外更有"仙女之质"。宋代诗人亦歌咏茶花"花埋叶底寓春先""玉脸含羞匀晚艳"[2]的谦逊之态。

"织雪做袈裟[3]"写出茶花冬季的姿态与精神。茶花自发"织雪",将纷飞飘落的雪花编织成袈裟披覆于身上,展露其对于飞雪洒脱从容和俏皮的一面,安然融入冬雪,顺应自然,一派

---

[1] 出自明代郭谏臣《茶花》:"木落空山里,茶花照眼明。"
[2] 出自宋代董嗣杲(gǎo)《茶花》:"花埋叶底寓春先,便想烹云煮活泉。玉脸含羞匀晚艳,翠裾高曳掩秋妍。"董嗣杲,字明德,号静传,杭州人。理宗景定中榷茶九江富池。度宗咸淳末知武康县。宋亡,入山为道士,字无益。董嗣杲工诗,吐爵新颖,有《庐山集》五卷、《英溪集》一卷、《西湖百咏》二卷。
[3] 袈裟,译自梵语Kaṣāya,是佛教僧人的法衣。因僧衣避免用青、黄、赤、白、黑等"正色",而用似黑之色,故又称"缁衣"。依佛教定制分为三种,总称"支伐罗",合称"三衣":(1)僧伽梨(大衣),用九条至十五条布片缝成;(2)郁多罗僧(七条衣,又名"上衣"),用七条布片缝成;(3)安陀会(五条衣,又名"内衣"),用五条布片缝成。参见《辞海》(第七版)"袈裟"词条。

悠然闲适。"袈裟"恰也印证茶花之"纯美",茶花着一袭袈裟,明澈清净,恪守自性,顺应自然万法①,生仙风道骨(意指佛道相融,佛与道俱是自然规律),远避尘世繁华,与寒梅、松竹共享雪境清遐。"伴寒梅、松竹清遐"也是正面烘托茶花的高洁,寒梅凌霜傲雪,松竹四季常青、遇雪更青,茶花与梅花同为"雪中四友",与松、竹、梅可相媲美,甚至毫不逊色。

"笑迎春日,千花漫放,万色同华。"结尾更加全面地展现了茶花的品性,既能与冬雪和谐相融,也能笑意盈盈融于春日,不违天时,顺应规律。"笑"字,极言茶花之达观洒脱、博大胸怀。此"笑"是轻松、淡然之笑,茶花笑对霜雪,从"织雪"至"清遐"到"笑迎",都体现了茶花身居雪境的悠然自得,一派和谐;此"笑"也是期盼、欣慰之笑,茶花自身能坦然度过严冬,长开不败,是从冬雪中款款而来的"好女儿"之一,其满心期盼春日来到,众花皆能一展芳华,待到众花齐放时,她在丛中笑,谱写众生皆美的春之篇章。

"千花""万色"俱是春恩,是春日带来的佳作;她们亦皆为春之使者,是自然界中的万千"好女儿",春日因众芳漫

---

① 引用《六祖坛经》:"世人性本清净,万法从自性生……如是诸法,在自性中,如天常清,日月常明,为浮云盖覆,上明下暗,忽遇风吹云散,上下俱明,万象皆现,世人性常浮游,如彼天云……闻真正法,自除迷妄,内外明彻,于自性中,万法皆现,见性之人,亦复如是,此名清净法身佛。"

放、光华齐展而更显生机勃发，美不胜收。至此，"好女儿"之词牌的丰富意蕴得到淋漓展现，余韵悠长。

四、识花

茶花，又名"山茶花""山椿""海榴"等，山茶科山茶属，灌木或小乔木植物。叶革质，椭圆形，呈深绿色，花顶生，多呈碗形，分单瓣和重瓣两种，单瓣茶花多为原始花种，花色有红色、紫色、白色、黄色多种，甚至还有彩色斑纹茶花，花期较长，从10月到翌年5月都有开放，是我国传统十大名花之一。

山茶花原产于东亚。关于山茶花的起源地，一般认为是青藏高原地区，传入内地之后分南、北两支，南支为云南山茶花，北支为四川山茶花。我国栽培山茶花的历史悠久，其记载最早可追溯至魏晋时期，北魏元欣在《魏王花木志》中记载："山茶似海石榴，出桂州（今桂林）。"时至唐代，茶文化盛行，佛教、道教空前兴盛，佛寺、道观的庭院广植茶树、茶花，使得茶花的种植走进庭院景观。唐代段成式《酉阳杂俎》记载："山茶，叶似茶树，高者丈余。花大盈寸，色如绯，十二月开。"五代时期张翊的《花经》以"九品九命"品评诸花，其中将山茶花列为"七品三命",可见,唐、五代时期茶花已经被视为有品级的观赏名品花卉。到了宋代,山茶花取代海石榴等别名,成为茶花的统称。宋代范成大《桂海虞衡志》首次将我国的茶花产地按南北地域分为"南山茶"和"中州茶"两大类,他还曾以"门巷欢呼十里寺,腊前风物已知春"(范成大《十一月十日海云赏山茶》)描写当时成都海六寺山茶花的盛况。

唐时,日本遣唐使将浙江山茶花从温州港带回日本栽培,这同日本最早记载山茶花的《万叶集》(700—750年)的年代吻合。17世纪,植物学家林奈的一个学生又从日本带回了四株山茶花,捐给了英国皇家植物园,山茶花自此被引入欧洲,经栽培推广,获得"世界名花"的美誉。

江城子·荷花

玉露琼浆翡翠盘,水微澜,风浮翩。

瑶池仙子,出水露芳妍。

缕缕清香池上绕,红白粉,映婵娟。

〔清〕佚名《荷花缂丝轴》

江城子·荷花

一、咏唱

月色如水，水如天。荷叶挂珠，点点滴滴，清露如酒；摇摇洒洒，清醇如浆，凝聚在翡翠般的荷叶上。夏夜晚风随着下坠的露水，在池面点出细波微澜。婷婷的叶、悠悠的花，与风一起浮动、轻摆，姿态翩翩。

朵朵荷花，如瑶池里刚出浴的仙子，袅袅娜娜、朦朦胧胧，披上月光如轻纱，展露出天仙的芳妍。

叶清香、花芬芳，伴着荷塘的水汽如烟似雾，袅绕池上。身着红绸、白缎、粉绫的仙子，花容照在明月里，月亮与丽影倒映在池水中，醉了天上人间。

二、词牌与词谱

"江城子"，词牌名，又名"村意远""江神子""水晶帘"。此调应是晚唐时兴起，来源于唐著词曲调，由文人韦庄最早依调创作，此后所作均为单调，直至北宋苏轼时始变双调。《唐圭璋推荐唐宋词》注："'江城子'这个词调应是由咏江城之事而得名。'子'是曲名后缀。本篇用原始题意咏扬子江畔的古城金陵。"

"江城子"共五体，本词单调，三十五字，七句、五平韵，以韦庄《江城子·髻鬟狼藉黛眉长》为例：

百花词韵：阆苑

鬟鬓狼藉黛眉长，出兰房，别檀郎。角声呜咽，星斗渐微茫。露冷月残人未起，留不住，泪千行。

中中平中中中平，仄平平，中中平。中中中中，中仄仄平平。中仄中平中仄仄，中中仄，仄平平。

北宋苏轼《江城子·密州出猎》（变体四[①]）：

老夫聊发少年狂，左牵黄，右擎苍，锦帽貂裘，千骑卷平冈。为报倾城随太守，亲射虎，看孙郎。

酒酣胸胆尚开张，鬓微霜，又何妨？持节云中，何日遣冯唐？会挽雕弓如满月，西北望，射天狼。

三、赏析

江城子，即歌咏江畔城市的小曲，因水域充沛、地势平坦、荷塘众多，故用此词牌。本词动静结合，虚实相生，嗅觉与视觉交融，空间交互，生动地描绘了一幅月色荷塘图。

首句"玉露琼浆翡翠盘"，描写朗月清辉之下，荷叶与露水显露出非同一般的质地与美感。此句中"玉""琼""翡翠"皆为美玉。清幽的夜中，一轮明月，玉光笼罩，月色朦胧，露水与荷叶如玉般温润、通透。玉质与玉色之外，荷叶上的

---

① 变体四为双调七十字，前后段各七句、五平韵。

江城子·荷花

露水形态可爱，或颗粒如珠，或汇聚如浆，以荷叶为"盘"，从形、色又生出几分来自天界甘美的醉意，为荷花仙子的出场作铺垫。

"水微澜，风浮翾"，视角进一步动态化。风吹开密密田田的荷叶，吹动了水面，泛起微微波澜。叶翾翾，花也翾翾，在恬静的夜里翩跹起舞，如风一般轻盈。"微""浮"二字，点出夜风的轻与柔，更是即将见到仙子时荡漾起的心神，营造出神秘而美妙的氛围。

"瑶池仙子，出水露芳妍。"此句中，荷花在月色中盛开，惊为天人。"瑶池"二字，直写此景只应天上有，朦胧醉月之下的荷塘如梦似幻，仿佛是天外仙境经由月光投射到这一泓清池之上。荷花在这样的氛围里，如瑶池里刚出浴的天仙，展露芳妍，亦真亦幻，美不胜收。

"缕缕清香池上绕"，从视觉延伸至嗅觉。来自荷花、荷叶的清香，在凉风的吹拂中散逸，在荷池之上飘绕，进一步凸显荷花仙子动人心魄的美。月色与香气，嗅觉与视觉一时交融，一同缓缓向上，向着天空、向着明月，缥缈而去，引出下句。

"红白粉，映婵娟。""红白粉"三字，点明荷花的色彩——红色、白色、粉色，在月色的映照下，更加纯洁、妩媚，又似"瑶池仙子"的裙裳，红纱白襦粉裙，好不美丽。"婵娟"，是美人或其所在的代称，在词里，既指天上月，又指水中月；既指出浴仙子一般的荷花,又指月下花投入水面的倒影。一个"映"字,从天上月到池中花再到水中的花容与月貌,融融洽洽,交相辉映在这一方胜境之中。

四、识花

荷花,又名"莲花""芙蕖""芙蓉"等,莲科莲属,多年生草本植物。被子植物中起源最早的植物之一[①],现存两个种,莲(主要分布于亚洲)以及美洲黄莲。莲花根茎肥大多节,横生于水底泥中;叶盾状圆形,表面深绿色,被蜡质白粉,背面灰绿色;花单生于花梗顶端,高于水面之上,花色有白色、粉色、深红色、淡紫色或间色等变化,花后结实;果为椭圆形;花期6~9月,有"六月花神"的雅号。

荷花是我国传统十大名花之一[②],栽培历史悠久,在距今5000多年的仰韶文化遗址中,考古学家发现了已经炭化的古莲子。公元前11世纪,荷花从湖畔沼泽的野生状态广泛走进

---

① 荷花是冰期以前的古老植物,和水杉、银杏、中国鹅掌楸、北美红杉等同属未被冰期冰川吞噬而幸存的孑遗植物代表。
② 十大传统名花包括梅花、牡丹、菊花、兰花、月季、杜鹃、茶花、荷花、桂花、水仙。

田间、池塘。《逸周书》载有"薮泽已竭,即莲掘藕"。《诗经》关于荷花的描述也非常多,如"山有扶苏,隰有荷华","彼泽之陂,有蒲与荷",等等。在我国第一部辞书《尔雅》中,荷的每一部分都有其名,荷叫"芙蕖",茎叫"茄",叶叫"蕸",藕节叫"蔤",花苞叫"菡萏",花叫"莲",根叫"藕",莲子叫"菂",莲子心叫"薏"。

荷花以其实用价值走进了人们的生活,同时,凭借艳丽的色彩、幽雅的风姿深入人们的精神世界。早在春秋战国时期,吴王夫差就在自己的离宫(现苏州灵岩山)为西施修筑"玩花池",以供其赏荷。三国时期曹植作《芙蓉赋》,赞赏荷花是"览百卉之英茂,无斯华之独灵"。而自宋代周敦颐写了"出淤泥而不染,濯清涟而不妖"的名句后,荷花便有了"花中君子"的雅称。

荷花因气质圣洁高雅,自古就为达官贵人、文人墨客和平民百姓所喜爱,被称作"凌波仙子""水宫仙子"等,成为花卉王国的名门望族。

后庭花破子·桂花

金贴琼枝腮,银入玉叶怀。

月中花留影,香从天上来。

出西斋,清芬馨逸,重将秋意排。

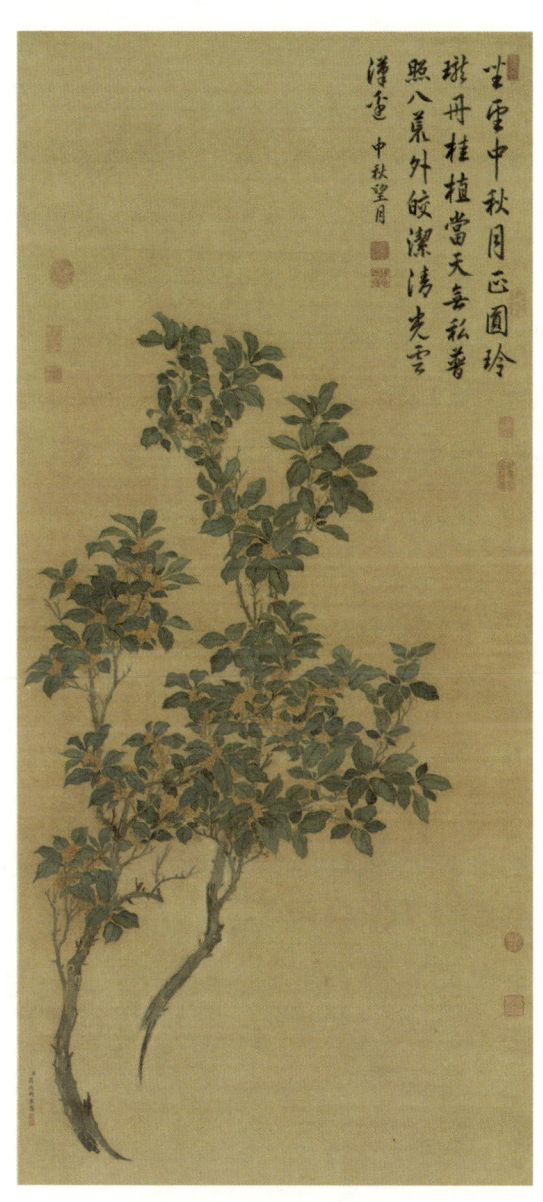

〔清〕蒋廷锡《桂花轴》

百花词韵：阆苑

一、咏唱

如一串镶梦的金坠，庭中桂花在夜色中低垂。桂枝反射出琼瑛光彩，勾勒出佳人依稀的倩影，金坠贴着冷腮轻轻摇曳。月光如银，从夜空洒落，光透过处，叶片宛如碧玉，月光汇聚流入玉叶的心怀。

月在九天之上，其中有桂树，渺渺远远，婆娑摇动。庭院里的桂花似月上仙花留在人间的倒影，馥郁的气息仿佛从天上飘来。

西风漫出西斋，桂香破后庭而出，丝丝清香、缕缕芬芳凭借风流转，桂馨飘逸荡漾，给渐近的秋天添了几分迷人的韵味，将隐隐秋意重新安排，似把春天的气息溢满世间。

二、词牌与词谱

"后庭花破子"，词牌名，《太平乐府》注"仙吕调"。《唐书·礼乐志》："夷则羽，俗呼仙吕调。"此金元小令，与唐词《后庭花》、宋词《玉树后庭花》异。所谓"破子"者，以其繁声入破也。

"后庭花破子"，共二体，正体单调三十二字，七句、五平韵，以元代王恽（yùn）《后庭花破子·绿树远连洲》为例：

后庭花破子·桂花

绿树远连**洲**,青山压树**头**。落日高城望,烟霏翠满**楼**。木兰**舟**,彼汾一曲,春风佳可**游**。

中中中中**平**,中中中仄**平**。中中平中仄,平平中仄**平**。仄平**平**,中平中仄,中平中仄**平**。

五代李煜《后庭花破子·玉树后庭前》:

玉树后庭**前**,瑶草妆镜**边**。去年花不老,今年月又**圆**。莫教**偏**,和月和花,天教长少**年**。

三、赏析

殿之后庭较前庭更为幽秘,植生于后庭的美丽花朵,可谓之"后庭花";"破子"本义指曲调声多变,以至于成为繁碎之音,借此形容桂花之香飘散在各处,引人注意,故用本词牌。

本词以"桂花"为眼,却不提"桂花"字眼,营造出联通天地、任游上下的气韵,在极致优美的意境中表现与自然融为一体的状态。

"金贴琼枝腮,银入玉叶怀。"开篇用好似天上的事物描写地上的桂花。"金""银""琼枝""玉叶",结合下句的月,营造出如临广寒仙宫的意境,其中,清光照树,泻银流金,分外美好;贴腮、入怀,仿佛又隐约是月中仙子娉婷灵动的气息化身而来。首句中的桂花,雕金沁银,琼光玉彩,超凡清丽,不似人间俗物。

"月中花留影,香从天上来。"此句进一步点明桂花的实质。地上庭中,桂花乘着朗月清光,散发奇香,装点出一幅活色生香的人间秋桂图。其实,这桂花的形色原本就是来自天上。桂花又称"月之花""天香花",传说嫦娥抛下桂子,落入人间,在秋月夜开出芬芳的花朵。仰望天空,一轮明月之中不正有桂树吗?原来,地之桂只是月中桂投射到地上的影子,那动人心魄的馨香也是从明月中飘出来的。庭中桂花影香飘摇,与月中桂花合而为一,回归到最初的存在和芬芳中。

"出西斋,清芬馨逸,重将秋意排。"结尾领悟桂花神韵之妙,带来更自由、更洒脱、更阔达的转变,体现在"出""逸""排"的层层递进中。后庭中的西斋,是幽静之地的一处圣堂。"西斋"多指观照心灵的书斋,又指寺庙的佛堂,桂花与西斋有着不解之缘[①]。天香入西斋,又借西风从西斋而出,自幽然而及豁然。此时,桂花携天之灵气,沉入风中,幽幽芬芳在不经意间飘逸尘世。苏轼《西斋》诗云"杖藜观物化,亦以观我生",神妙的天道运化,由西斋而得一瞥之幸,于是待到天香满园之时,原本冰凉的秋意也随之改变,留下春意般的无边美好。

---

① 传灵鹫寺旁有西斋书院,寺院斋房也常植桂花。

四、识花

桂花是中国木犀属众多树木的习称,常绿乔木或灌木。桂花树皮灰褐色,小枝黄褐色,无毛。叶片革质,椭圆形、长椭圆形或椭圆状披针形。聚伞花序簇生于叶腋,或近于聚伞状,每腋内有花多朵;苞片宽卵形,质厚,花极芳香。桂花花期9—10月。

桂花是中国传统十大名花之一,集绿化、美化、香化于一体,园艺品种繁多,最具代表性的有金桂、银桂、丹桂、月桂等。桂花的生长历史可以追溯到1万年前,在新石器时期文化的桂林甑(zèng)皮岩洞穴遗址中,考古人员发现了桂花的孢粉。

桂与明月的联系相当悠久,《太平御览》引《淮南子》云:"月中有桂树。"唐代段成式《酉阳杂俎(zǔ)》记载了月中"吴刚伐桂"的典故。唐代诗人宋之问作《灵隐寺》诗,"桂子月中落,天香云外飘"。毛泽东也写下了"问讯吴刚何所有,吴刚捧出桂花酒"的浪漫诗句。

古人将"蟾宫折桂"作为中举的象征,因为每年秋闱大比正值八月桂花盛开时节。宋代无名氏在《金菊对芙蓉》中写道："花则一名，种分三色……几多才子争攀折，嫦娥道，三种深香，状元红是，黄为榜眼，白探花郎。"人们以"浓、清、久、远"来品评桂香，尤其是仲秋时节，丛桂怒放，夜静轮圆之际，把酒赏桂，陈香扑鼻，令人神清气爽。明代袁宏道的插花名著《瓶史》里写，"秋为木樨（桂花）"。杭州、苏州、桂林等20多个城市将桂花定为市花。

望仙门·水仙花

白衣黄冕绿裙长,沁清香。

重华乘月照湘江,觅娥皇。

恋影凌波舞,冬风荡漾春光。

水仙传韵草芽黄。

草芽黄,花醒换新装。

〔清〕居廉《水仙山石图页》

望仙门·水仙花

一、咏唱

素白衣衫如悠悠云气，黄色的冠冕呈现出仙光宝晕，腰间碧裙长舒，直抵清波。水仙花的香气沁人心脾，清新而芬芳。

舜帝之灵秉其光华，乘月而行，月光照亮奔流不息的湘江，细细寻觅爱妻娥皇消逝于滔滔江水中的倩影。

依恋之情不沉，相思不尽，为心上人重来世间，娥皇化为水仙花，看着水中的倒影美丽一如从前，不禁凌波翩跹起舞。腊月的风霜，也阻挡不了水仙与舜帝重逢的心，在水仙忘我的舞姿中，春光欣然荡漾。

悠悠仙韵含着温暖春意，滋润了江流山野。草木萌新，生出鹅黄色的春芽；群芳苏醒，换上鲜艳的新装，喜悦迎向春光。

二、词牌与词谱

"望仙门"，词牌名，调见宋代晏殊《珠玉词》，其词中有"荷君恩，齐唱望仙门"句，故以此为名。

"望仙门"，依《钦定词谱》仅一体，双调四十六字，前段四句、四平韵，后段五句、三平韵、一叠韵，以宋代晏殊《望仙门·玉池波浪碧如鳞》为例：

玉池波浪碧如鳞。露莲新。清歌一曲翠眉颦。舞华茵。

仄平平仄仄平**平**。仄平**平**。中平中仄仄平**平**。仄平**平**。

满酌兰英酒，须知献寿千**春**。太平无事荷君**恩**。荷君**恩**。齐唱望仙门。

中仄平平仄，平平仄仄平**平**。仄平平仄仄平**平**。仄平**平**。平仄仄平**平**。

三、赏析

仙，即超越凡胎、遨游于天之灵；门，入口，此门之内怀集仙者，令人心驰神往，故曰"望仙门"[①]。本词可通过水仙花一窥超凡之境，而她自身也属于超凡之灵，故用该词牌。

"白衣黄冕绿裙长，沁清香。"开篇先描述花朵优美的仙姿与极具穿透力的芬芳。白色的花瓣如鹤羽、云衣；黄色的花盘如冠冕，恰似仙人头顶的光晕；青翠的叶柄舒展如碧裙，飘逸如玉带。水仙如其名，具有水一样清透润泽的特质以及仙人一样高洁脱俗的神采。"沁清香"，花香为清香，也是仙人清净的象征，"沁"，花香由花内沁出，再沁入嗅者心脾，说明水仙之香能直指内心，亦使心心相通。

"重华乘月照湘江，觅娥皇。"此句转入水仙来历的传说，从仙、月、水、花之间，点明得入"仙门"之妙径。"重华"

---

① 清代毛先舒《填词名解》云"望仙门：汉武帝之所建也。华阴有集灵宫，宫在华山下，帝欲以怀集仙者，故名殿为存仙。端门南向，署曰望仙门"。

望仙门·水仙花

是舜帝之名①,"娥皇"为尧帝之女,其典故为"舜娶娥皇"。舜南巡而殁,得知消息的娥皇寻至湘江源头九嶷山,因泪尽殉于江中。娥皇的魂魄化为江边水仙花,成为腊月花神。此句中,舜帝之灵、皎皎明月、浩浩大江、娥皇之灵,都让水仙的诞生充满了灵气。水仙由两位上神的心魂相互感应,在无尘的月光映照中,注入净水,终得花朵形制自湘水而出。"觅"是专注之功,是不顾阻隔的两心相求。念念不忘,必有回响,引出下句。

"恋影凌波舞,冬风荡漾春光。"此句写水仙盛开时欣喜的神采与飘逸的秀姿,表明水仙化冬风为春光的力量。"恋影花"是水仙的别称,源于古希腊传说,爱神阿芙洛狄忒怜惜俊美非凡的纳西塞斯,将其化成清幽、脱俗的花,盛开在有水的地方,永远看着自己的影子。与希腊神话"孤清自赏"不同的是,娥皇之"恋影",不只是在水中看见了自己新生的丽影,还看见了超越有形世界的坚贞的爱,是恋恋不舍的深情化育了清质芳髓的花朵,这样的深情炽烈、坚韧,即便在冬天也不为寒水和冰风所熄灭。内心的春意能在腊月带来春天的气息,娥皇的爱在花朵之中醉意轻舞,让春光从花中"荡漾",蔓延到了人间。

---

① 《尚书·舜典》:"曰若稽古,帝舜曰重华,协于帝。"孔颖达疏:"此舜能继尧,重其文德之光华,用此德合于帝尧,与尧俱圣明也。"

"水仙传韵草芽黄。草芽黄,花醒换新装。"对上句"春光"的细化与延展,由水仙花开,到漫山遍野的草木萌新、花季复苏,说明水仙之"仙气"如春日暖阳、春露盈盈,带着春信,自花开之处,向外晕染,向外传递,向外扩张。草芽之"黄"正是呼应水仙冠冕之"黄",一花明而山野明,一花开而百花醒,水仙带着爱意与吉祥,终结了冬的严酷,开启了春的篇章。

四、识花

水仙,又名"中国水仙",石蒜科,多年生草本植物。水仙的叶由鳞茎顶端绿白色筒状鞘中抽出花茎(俗称"箭"),再由叶片中抽出。一般每个鳞茎可抽花茎1~2枝,多者可达8~11枝,伞状花序。花瓣多为6片,花瓣末处呈鹅黄色。花蕊外面有一个如碗一般的保护罩。鳞茎卵状至广卵状球形,外披棕褐色皮膜。叶狭长带状。花期1—3月。

水仙在中国有1000多年的栽培历史,为中国十大名花之一。据考证,水仙约在五代或唐末时期从国外引入。唐末段成式《酉阳杂俎》有"捺祇出拂林国,苗长三四尺,根大如鸭卵,叶似蒜叶,中心抽条甚长。茎端有花六出,红白色,花心黄赤,不结子。其草冬生夏死"的记载,"榛祗"即水仙(Narcissus)的音译,"拂林国"则是当时的东罗马帝国(今西亚和地中海地区)。水仙传入中国后,先在湖北荆州一带传播,北宋黄庭坚称赞此地水仙"含香体素欲倾城,山矾是弟梅是兄"(《王充道送水仙花五十枝,欣然会心,为之作咏》)。南宋后,水仙栽培中心转移到了都城临安(今浙江杭州)和闽、浙沿海地区。南宋刘学箕《水仙说》记载建阳(今属福建南平)园户所植水仙"若葱若薤,绵亘畴陌"。到明清时期,水仙种植出现了不少优良品种。明代王世懋(mào)《学圃杂疏》称"凡花重台者为贵,水仙以单瓣者为贵。出嘉定,短叶高花,最佳种也"。

水仙是"小寒三信"之一(其他两信为梅花与山茶),因为常在春节前后绽放,被认为是新春吉祥的象征。

风光好·迎春花

日迎春,月迎春。

小小黄花日月魂,引春神。

花枝招展风光好,春愁绕。

万紫千红草色新,共春芬。

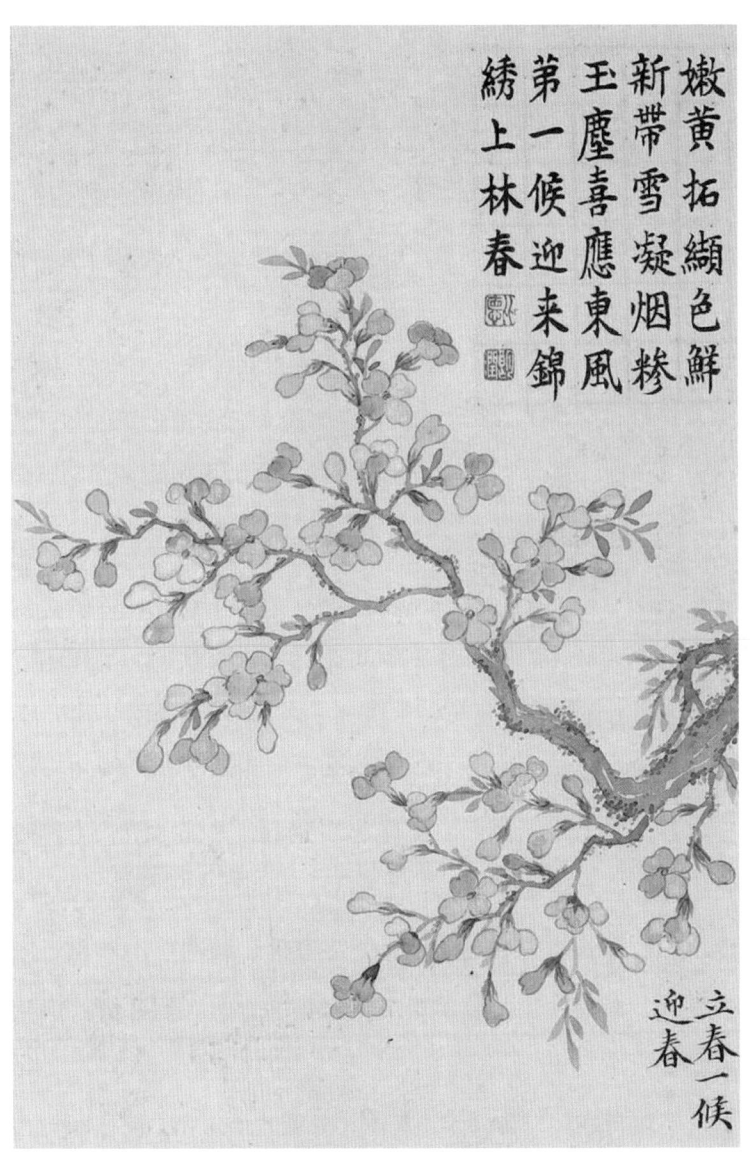

〔清〕董诰《二十四番花信风图之迎春》

百花词韵：阆苑

一、咏唱

萧瑟寒冬即将过去，万物企盼春天来临，带来暖意和复苏。太阳欣欣然散发出温暖的光芒，月亮明媚媚散发出熠熠的光辉，日与月将自身之魂化入一朵朵娇小的黄花，迎引春神款款降临世间。

枝头上，迎春花团团簇簇，娇黄竞放，在煦日里明媚喧嚣，在和风中摇曳荡漾。群花未开，忧愁着如何共谱大好风光，且做春天信使，待百花绽放，草色焕新，融入无限春光。

二、词牌与词谱

"风光好"，调见《本事曲》，宋代陶穀（gǔ）作。清代徐釚（qiú）《词苑丛谈》卷七："宋遣陶穀使江南，李献以书抵韩熙载曰：'五柳公骄甚，其善待之。'穀至，果如李言。熙载谓所亲曰：'陶非端介者，其守可隳，当使诸君一笑。'因使歌姬秦弱兰衣弊衣，为驿卒女，穀见之而喜，遂与私，作长短句赠之。明日，主宴客，穀凛然不敢犯。主持觥立，命弱兰出，歌所赠之曲以侑觞，穀大惭而罢。词名风光好云。"

"风光好"，共一体，正体，双调三十六字，前段四句、四平韵，后段四句、两仄韵、两平韵，以宋代欧良《风光好·柳

风光好·迎春花

阴阴》为例:

柳阴**阴**,水深**深**。风约双凫立不**禁**,碧波心。
仄平**平**,仄平**平**。中仄平平仄仄**平**,仄平平。
孤村桥断人迷**路**,舟横**渡**。旋买村醪浅浅**斟**,更微吟。
平平中仄平平**仄**,平平**仄**。中仄平平仄仄**平**,仄平平。

三、赏析

大好风光谓之"风光好"。迎春花灿烂盛开,待百花齐放,共谱春光无限神韵,故用此词牌。

迎春花作为立春花信,以"迎春"为己任,为而不恃,功成而不居,换来春色满园、花遍世间。

"日迎春,月迎春。"冬去春来,经过整个冬天的沉寂,春色即将重回大地。春天是生命复苏的季节,迎接春天的到来,是万物最隆重的活动,是经历寒冷、萧瑟后对生机勃发的期盼。天上的日月秉持阴阳二气,化育万物而生生不息,感受着世间变化,承担迎春使命。

"小小黄花日月魂,引春神。"春神为春天之主,掌管草木萌发,带来万象更新。尊贵的春神,只有日与月才能迎请。日为众阳之宗,月乃太阴之象,日月之魂化为黄花。日月即花,花即日月,黄花看似渺小,然则蕴含着天地灵气,饱含着万物期待,她金黄灿烂,明艳高贵,吸引春神降临,呼唤春回大地。

"花枝招展风光好,春愁绕。"枝条开满迎春花,明亮夺目的黄色如跳动的音符,谱就一曲歌咏大好风光的动人天籁。"春愁"为迎春花的愁绪,自己虽然已绽放,但百花仍未盛开,春天还未正式到来。迎春花"花枝招展"并非为了凸显自我风采,而是自身"迎春"使命感使然,即使百花未开,迎春花也要花开灿烂,吸引春神降临。

"万紫千红草色新,共春芬。"此句既是对"春愁"的回应,也是对春神降临后春色的整体描写。待到春色满园,群芳盛放,草色换新,迎春花融入无限春光,功成不居,与群芳共同彰显春天多姿多样、生机勃勃,完成"迎春"使命,与"待到山花烂漫时,她在丛中笑"异曲同工。

四、识花

迎春花,亦称"迎春",木犀科素馨属,多年生木本植物。小枝细长直立或者呈拱形下垂,叶片呈卵形或椭圆形;花单生于叶腋处,苞片呈披针形或椭圆形,花冠为金黄色,花瓣通常为倒卵形或

椭圆形；花期在2—4月。迎春花因在百花之中开花最早，花后即迎来百花齐放的春天而得名。迎春花原产于中国中部、北部地区，现在世界各地广为栽培。叶入药，可治肿毒恶疮；花有解热利尿功效，《本草纲目》中记载迎春花"活血散瘀，消肿止痛"。与迎春花同科的"金钟花"亦俗称"迎春花"。

迎春花具有不畏寒威、不择风土、适应性强的特点，唐代白居易《玩迎春花赠杨郎中》一词中就有："金英翠萼带春寒，黄色花中有几般？"

喜春来·白玉兰

千般春色灰枝起,万缕兰香白玉施。

春风满面曳生姿。

春意驰。绽放做春旗。

〔清〕胡湄《玉堂富贵图》（局部）

百花词韵：阆苑

一、咏唱

春意萌动，万物复苏，在高大的玉兰树上，花朵横空出世，挺立枝头，引领千般春色从灰色的枝丫上飘扬而起。万缕芬芳飘向世间，空气中弥漫着兰香，从温润水灵的白玉清质施洒而来。

枝头绽开了春风的喜悦，一朵朵花苞绽放，明媚盎然，玉秀兰芳携满清韵，摇曳生姿。春意在花开中驰行，春天在花香中奔赴，绽放的玉兰花，作为春之云旗，帆帆高擎，引领万象回春。

二、词牌与词谱

"喜春来"，曲牌名，源于宋词词调，《太平乐府》入中吕宫，《太和正音谱》入正宫。中吕宫曲谱与正宫曲谱有出入。"喜春来"既可用于剧曲，也可用于散曲套数和小令，又名"阳春曲""喜春风""喜春儿"。

"喜春来"，共四体，正体，单调二十九字，五句一叶韵、四平韵，其中前两句对仗，以元代张雨的《喜春来·泰定三年丙寅岁除夜玉山舟中赋》为例：

江梅的的依茅舍，石濑溅溅漱玉沙。瓦瓯篷底送年华。问暮鸦。

中平中仄平平**仄(叶)**,中仄平平仄仄**平**。中平中仄仄平**平**。
中仄**平**。

何处阿戎家?

中仄仄平**平**?

三、赏析

望春花开,喜春而来,可谓"喜春来"。白玉兰冰心一片迎寒开,统领百花带春来,喜悦之情油然而生,故用该词牌。

"千般春色灰枝起",描写玉兰的高挺之态与领军之姿。"起",起处为并不显眼的"灰枝",起后是灿烂夺目的"千般春色",是玉兰顺承自然之律,带领春的"发动"。春意积蓄已久,万物待春而发,白玉兰得天地自然的钟爱,擎春意而起,不叶而花,大朵大朵绽放在高枝之上,玉衣皎洁,粲然开放,在灰冷之中创立一片生气,将春的气氛层层推高,引出下句。

"万缕兰香白玉施",白玉兰香气绵长,千丝万缕,馨香四溢。"白玉"与"灰枝"形成强烈的对比,"灰枝"上的"白玉"更显明媚,在反差中彰显自然的和谐统一。白玉,既指玉兰之名,又指花朵玉色的光泽,更指其高洁的品性。白玉兰带着玉的温润,散发着雅韵与馨香。"施",玉兰之施为送香而来,"施"是寄予,是挥洒,是内心玉质的展现。

"春风满面曳生姿。"春风闻玉兰花开之讯,欣然而来,吹拂花朵轻轻摇曳,花光闪动,花香弥漫,如沐如舞。洁白而素雅的玉兰花,以靓丽的身姿和悦人的芬芳消解了清寒,素裳之下萌动着强大的感召力,引出下文。

"春意驰。绽放做春旗。"白玉兰高高地绽放在枝头,姿态蓬勃,正切合其别名"望春花"。"驰"意味着快速地奔跑,在玉兰花开的气象中,满含希望的春意迫不及待飞驰而来。"旗",白玉兰庄重、明丽、醒目,花朵绽放如一面面鲜艳的旗帜,昭示方向,凝聚信心与目光。玉兰花珍惜与春天之缘,在百花未开的时候,就已经满树繁花,点醒尚在沉睡的世界。她带着奋然之力和坚定的信念,引领万物奔赴春天。

四、识花

玉兰,毛茛目木兰科,落叶乔木,枝外展形成宽阔的树冠。花蕾卵圆形,花先叶开放,直立,芳香;花梗显著膨大,密被淡黄色长绢毛;花被片9片。花期2—3月(亦常于7—9月再开一次花),产于中国中部,久经栽培,供观赏。花可提制浸膏,花瓣可食用。

玉兰花如"玉雪霓裳",形有"君子之姿",香则清新、

喜春来·白玉兰

淡雅、宜人，庭院种植，不仅能给人以"点破银花玉雪香"（明代沈周《题玉兰》）的美感，还有"堆银积玉"的富贵。玉兰花常与其他植物同植，与海棠、牡丹同植，有"玉堂富贵"之意；与金桂同植，有"金玉满堂"之意。

南歌子·木棉花

玉树空无叶,琼枝红半空。

枝枝节节挂灯笼。

照览山阡水陌、觅春风。

春色花中隐,袈裟色染红。

空空色色各从容。

笑看春光灿烂、百花浓。

〔清〕黎简《碧嶂红棉》

百花词韵：阆苑

一、咏唱

早春微寒，木棉树空空无叶，巍然挺立，守护一树花开。木棉花舒展笑颜绽放于枝头，花红似火，将半空点亮，染出一片红霞。开满花朵的枝丫，似高高挂着的灯笼，把山坳水涧的小路照亮，以寻觅春风，呼唤春天回归。

花开正红，春色藏隐其中。袈裟色如渥丹，灿若明霞，由木棉花色染就，蕴含天地灵气，内藏生命本源。大千世界空色相依，循法而动，随性而行，保持真我本心，自得从容。春风吹来时，笑看春光灿烂，群芳齐放，花浓绿映，馨香远溢。

二、词牌与词谱

"南歌子"，唐教坊曲，此词有单调、双调。单调者，始自温庭筠词，又名"春宵曲"（取自温庭筠"恨春宵"句）、"水晶帘"及"碧窗梦"（均取自张泌词）、"十爱词"（取自郑子聃词）。双调者有平韵、仄韵两体，平韵者始自毛熙震词，仄韵者始自《乐府雅词》，又名"南柯子"（取自周邦彦词）、"望秦川"（取自程垓词）、"风蝶令"（取自田不伐词）。此调适应范围极广，涉及游赏、湖景、寓意、谐谑、赠酬、节令、感旧、抒情等。

"南歌子"，共七体，正体为单调二十三字，五句、三

南歌子·木棉花

平韵,以唐代温庭筠《南歌子·手里金鹦鹉》为例:

手里金鹦鹉,胸前绣凤凰。偷眼暗形相,不如从嫁与,作鸳鸯。

仄仄平平仄,平平仄仄**平**。平仄仄平**平**,仄平平仄仄,仄平**平**。

宋代秦观《南歌子·玉漏迢迢尽》(变体二①):

玉漏迢迢尽,银潢淡淡**横**。梦回宿酒未全**醒**,已被邻鸡催起、怕天**明**。

中中平中仄,平平中仄**平**。中平中仄仄平**平**,中仄中平中仄、仄平**平**。

臂上妆犹在,襟间泪尚**盈**。水边灯火渐人**行**,天外一钩残月、带三**星**。

中仄平平仄,平平仄仄**平**。中平中仄仄平**平**,中仄中平中仄、仄平**平**。

---

① 变体二为双调五十二字,前后段各四句、三平韵。《南歌子·木棉花》亦采用此格律。

三、赏析

歌唱南方春景之曲可谓"南歌子"。木棉生长于我国南方，早春开花，花开灿烂，谱就春曲，故用该词牌。

"玉树空无叶，琼枝红半空。"木棉树空空无叶，枝干缀满了木棉花，花色红艳，将天空染红。"玉树"多指高大挺拔的仙树，如李白《怀仙歌》有"仙人浩歌望我来，应攀玉树长相待"，此处用以指代木棉树，彰显其树形高大和品质珍贵。"琼枝"为木棉树的别称，清代厉荃《事物异名录·树木·棉》载有"木棉，一名琼枝"。"玉树"有"琼枝"，既对仗工整，又渲染出缥缈的仙风，为全词奠定基调。"空无叶"之"空"描写木棉树的自然状态，空空无叶；"红半空"之"空"为真空妙有，是木棉花染红半空的灵动信息，通过"空无叶"映衬信息实有。连用两个"空"字，生动展现了实体和无形灵性之间的转换。

"枝枝节节挂灯笼。"木棉树的枝节上开满了木棉花，红色木棉花形似高挂的红灯笼，将半空照亮。此句与前句"红半空"呼应，点明木棉树花开正盛，花朵数量繁多，引出下句。

"照览山阡水陌、觅春风。""觅"即寻觅、探寻，因春风未至，春色未来，木棉花心怀众物，寻觅春风，把春天找来。"照览山阡水陌"与"觅春风"均凸显木棉花之"空性"，即

南歌子·木棉花

心怀苍生的佛性。

"春色花中隐,袈裟色染红"进一步描写木棉花之"空性",将春色和花色融为一体。"隐"作隐藏解,天地之灵化育万物,这种生命本源力量无形中推动着万物繁盛兴衰,表现为春色,隐藏于花中。"袈裟色染红"巧喻木棉袈裟,木棉袈裟为佛教圣物,通常为红色,恰由木棉花色染红。木棉花之"红"能将作为佛教代表物件的袈裟染红,暗喻佛教讲究普度众生、感悟灵性。

"空空色色各从容。""色",是"春色"、"袈裟色"(花色),是外在缤纷的物理形态;"空",是脱胎于"空无叶"物理形态、蕴含在木棉花"红半空"中的灵动信息。木棉花的"空"表迹于"色",按生命规律运行,造就了木棉花在纷繁尘世中保持真我、从容之姿。佛家常言"色不异空,空不异色,色即是空,空即是色",在佛教背景下,色是有形的,是眼、耳、鼻、舌、身、意能触碰感知的存在;空是无形的,是一切事物、现象产生发展的因缘和本质。空、色相依相异,各自循法以动,因时而化。

"笑看春光灿烂、百花浓。"尾句描述木棉花与百花共谱春色的和谐画面,以"笑看"彰显木棉花的宝贵品质。木棉花之"从容"、循法而动,于"笑看"中亦可见之。木棉花寻觅春风,终唤得春回大地,春光灿烂与百花浓艳俱是其努力的结果,观之顿生欣慰,此为"笑看"一解。春色隐藏于木棉花中,木棉花知晓春光本质,两者发轫一心、本质无二,观自我即观春光,春光灿烂即木棉花开灿烂,此为"笑看"二解。沾染佛性的木棉花对空色皆从容待之,虚怀若谷、有容乃大,故在春风中笑看春色无限、百花争艳,此为"笑看"三解。

木棉花开浓烈灿烂,一花一世界,谱就一曲南歌,献给自然,献给众生。歌中韵味,恰在空色变幻之中。

四、识花

木棉花,木棉科木棉属,落叶大乔木,别称"攀枝花""英雄花""琼枝"等。木棉树树形高大,有的可达25米,树皮灰白色,幼树的树干通常有圆锥状粗刺;分枝平展;掌状复叶,小叶5~7片,长圆形至长圆状披针形,长10~16厘米,宽3.5~5.5厘米;花单生于枝顶叶腋,通常红色,有时橙红色,花瓣肉质,倒卵状长圆形,长8~10厘米,宽3~4厘米;萼杯状,长2~3厘米,外面无毛,内面密被淡黄色短绢毛;蒴果长圆形,长10~15厘米,粗4.5~5厘米,密被灰白色长柔毛和星状柔毛。

木棉花期为3—4月,花先叶开放,果于夏季成熟。在我

南歌子·木棉花

国四川、贵州、云南、广西、广东等地亚热带广泛分布，生于海拔1400~1700米的干热河谷及稀树草原，也可生长在沟谷季雨林内，可栽培。印度、斯里兰卡、马来西亚、印度尼西亚、菲律宾及澳大利亚北部都有分布。

因花开时无叶，远远望去，满目红火，所以木棉花代表着一种希望与幸福。据史料记载，木棉在中国的应用历史可追溯至汉朝。《南州异物志》记载："五色斑衣以丝布吉贝木所作……""吉贝"即木棉的古称之一。宋元之后，随着棉花纺织技术的简化与产量的提高，木棉纺织技术仅在中国海南部分黎族聚居区保留下来。

木棉，花大而美，树姿巍峨，可植为园庭观赏树、行道树。木棉树皮为滋补药，也可用于治疗痢疾和月经过多；根皮祛风湿、理跌打；果内绵毛可做枕、褥、救生圈等填充材料；种子油可做润滑油、制肥皂；木材轻软，可用作蒸笼、箱板、火柴梗、造纸材料等；花可供蔬食，入药清热除湿，能用于治疗菌痢、肠炎、胃痛。

忆少年·风信子

千花合一，芳香四溢，风姿娇恣。

清纯灿烂笑，彩霞呈祥瑞。

日照风摧风信子，化花魂，忆少年事。

贞操与高贵，赋花传情意。

〔清〕居廉《清逸出尘册》之《风信子》

百花词韵：阆苑

一、咏唱

千花集锦，蓬蓬如炬，好似群星会合在一起，在花柱上粲然生辉。芳香从朵朵花儿溢出，飘向四处。风中的风信子，轻盈柔美，婀娜多姿，娇俏欢悦，恣意开放，纵情展颜。

她清澈而又纯洁，舒怀一笑，明亮而又灿烂。多彩的颜色，似取自天上云霞，把诸般祥瑞的佳象呈现于世。

太阳神的爱怜照耀着他，风神的私心却使其摧折，这纯洁的灵魂不愿离去，化作风信子之花，在每次绽放之时追忆曾为少年的往事。

消逝的是凡人脆弱的肉身，不变的是少年坚贞的节操和高贵的心灵，如一串串诗行，化成花序，传递延绵的感情和心意。

二、词牌与词谱

"忆少年"，又名"十二时"（取自朱敦儒词）、"桃花曲"（取自刘秉忠词）、"陇首山"（取自万俟咏词），由宋代晁补之创调。调见晁补之《晁氏琴趣外编》，题注："别历下。"谓词人贬谪应天府，告别历下时所作。调名本意为抒发青春已去、年华易逝的感喟。

"忆少年"，共两体，正体为双调四十六字，前段五句、两仄韵，后段四句、三仄韵，以宋代晁补之《忆少年·别历下》

为例：

无穷官柳，无情画舸，无根行**客**。南山尚相送，只高城人**隔**。
中平中仄，中平中仄，中平中**仄**。平平仄中仄，仄中平平**仄**。

罨（yǎn）画园林溪绀**碧**，重算来、尽成陈**迹**。刘郎鬓如此，况桃花颜**色**。

仄仄平平平仄**仄**，中中中、仄中平**仄**。中平仄中仄，仄中平中**仄**。

三、赏析

"忆少年"本意为抒发青春已去、年华易逝的感喟。风信子之名来源于古希腊传说中一位少年的故事，悠悠花情源于少年事，故用该词牌。

本词上阕写花，下阕交代少年的传奇经历，突出花名中"信"字的内涵。

"千花合一，芳香四溢，风姿娇恣。"此句写风信子的性质。一束花枝上挨挨挤挤缀满了花朵，好似千花汇聚，每个花朵都那么玲珑可爱，花香四溢，饱满而热烈，毫不拘束，就像年少青春之时特有的自由、热情与绚丽。

"清纯灿烂笑，彩霞呈祥瑞。"此句在写风信子的气质。红色、蓝色、白色、紫色、黄色、粉红色的风信子，不管是生长在野外,还是生长在花园,都如同彩霞一般,引人入胜。风信子阳光灿烂,恰似人间少年纯真微笑时的模样。人们喜欢在节日的时候用风信子装点环境,表达对生活的热爱,那一抹抹朝气,预示着祥瑞和幸福。

"日照风摧风信子,化花魂,忆少年事。"此句转而写风信子的往事,交代花名和花语的来历。在古希腊神话中,一位名叫许阿金托斯的凡人少年,是马其顿国王的儿子。这位俊俏的少年为太阳神阿波罗所垂青,同样也为西风神泽费洛斯所喜爱。两位天神为了争夺少年,决定以掷铁饼定胜负。当阿波罗掷出的铁饼飞到空中时,泽费洛斯蓄意吹动了狂风,不料竟使铁饼偏向,落地击中了隐藏在草丛中窥看对决的许阿金托斯,少年遭误伤而死。传说中,在许阿金托斯的血泊中,长出了一种花,这种花以他的名字命名为 Hyacinthus,英文 Hyacinth 便由此而来,中文音译为"风信子"。"风信子"这个译名贴切而准确,说明了"风"的线索,更突出了"信"的深意。生命本身是脆弱的,常常遭受命运之神的戏弄与摧残,以致青春而陨,但生命的冲动不停,生命的精神不灭,化作"花魂",以永恒的少年形象显现于世人面前。

"贞操与高贵,赋花传情意。"风信子的花语有生命、贞操和怀念,正是"信"中传递的内容。花朵因美好的颜色、芬芳的气息而受人喜爱,花朵包含的花语更为人们所珍视,因为那是能超越形式、持久存忆的内在品格。风信子易栽易养，球根放在水中就能生长，一枝接一枝不断重生，迸发出生命之火。当风再起时，风信子开如彩霞，那是少年带着微笑，将曾经得到的关注与垂爱奉还。情真意切，也唯有花开三千、集于一束才能表达。当我们与花朵精神合一的时候，我们也就领悟到了生命的真谛。

四、识花

风信子，天门冬目风信子属，多年生草本植物，有"洋水仙""五色水仙"等别称。鳞茎球形，皮膜具光泽，未开花时形如大蒜；叶基生，4~8片不等，呈狭披针形，肉质，肥厚，绿色有光；花茎从叶丛中抽出，圆柱形，长15~40厘米，略高于叶；总状花序着花10~20朵，花冠漏斗形，裂片反卷。据其花色可大致分为蓝色、粉红色、白色、鹅黄色、紫色、黄色、绯红色、红色八个品系。

风信子原产于地中海东岸及小亚细亚一带，19世纪末引入中国，现中国南、北方均有种植。风信子较耐寒，在我国长江流域及其以南温暖地区，冬季不需要防寒保护，可自然越冬，喜阳光充足和较温暖、湿润的环境。6月下旬，风信子的芽、叶枯萎；秋植（9—10月栽种）后第二年春季开花。花期为早春，有芳香气味。

　　风信子是著名的秋植球根花卉，株丛低矮，花丛紧密而繁茂，最适合布置早春花坛、花境、林缘，也可盆栽、水养或做切花观赏。其希腊名字在西方含有"永远"之意，欧美人常将风信子花样雕刻在亲人的墓碑上，以示"永久的怀念"。

醉太平·黄花风铃木

春光绮靡,千红万紫。

此花开过彼花起,赏花花不理。

黄花灿烂风铃徵。春风意,黄花里。

欲上枝头伴花侍,倚花花亦倚。

醉太平·黄花风铃木

一、咏唱

花朵竞相开放,春天风光细密柔美,犹如绮靡的诗篇。阳光宛如浮金闪烁,大地万紫千红,一片浓郁芳菲。

春花绽香吐艳,一花开过,一花又起,姿态纷呈。各色花朵绵绵不绝,赏花者络绎前来,花朵也无暇理会,因为自身早已沉醉在烂漫春光之中。

半空中,黄花明艳,高高绽于枝头,如云似锦,光彩熠熠。风铃般的花朵,随着春风摇晃出别样的妙音。草长莺飞的无尽春意,尽融于灿烂的黄花里。

万物复苏,祈盼着乘春风攀上枝头,侍伴春意无限的黄花。万物倚靠她承载的春意而生长,黄花亦倚靠万物,共同奏响盛大的春之乐章。

二、词牌与词谱

"醉太平",曲牌名,又名"凌波曲",孙惟信词名"醉思凡",周密词名"四字令"。此调用于剧曲、散曲套数和小令。

"醉太平",共三体,正体双调三十八字,前后段各四句、四平韵,以宋代刘过《醉太平·情高意真》为例:

情高意真。眉长鬓青。小楼明月调筝。写春风数声。
平平仄平。平平仄平。中平中仄平平。仄平平仄平。
思君忆君。魂牵梦萦。翠绡香暖银屏。更那堪酒醒。
中平仄平。中平仄平。中平中仄平平。从中平仄平。

宋代辛弃疾《醉太平·春晚》（变体一[①]）：

态浓意远。眉颦笑浅。薄罗衣窄絮风软。鬓云欺翠卷。
南园花树春光暖。香迳里，榆钱满。欲上秋千又惊懒。且归休怕晚。

三、赏析

此篇描写之景，正值仲春时节，百花烂漫，日光流转，光华熠熠。这是春花草木荣盛的时节，是万物复苏的太平之日，万物沉醉其间，是以谓之"醉太平"。

本词上阕总写春景之盛，春花繁茂，动静结合，描绘出一幅烂漫春色图。下阕详细描写黄花风铃木的情状，由形到声，视觉与听觉相辅相成，表现了黄花高贵却又可亲可爱的特质。

"春光绮靡，千红万紫。"开篇仅八字，点出时节特点，

---
① 变体一为双调四十六字，前后段各四句、四仄韵。

醉太平·黄花风铃木

从静态的角度,勾勒了百花盛开、春色旖旎、春意盎然而灿烂的景象。"绮靡"二字,一写春阳和煦、光洒万物、浮金万千之景,又写百花竞妍、姹紫嫣红之状。一个"万"字,一个"千"字,更是突出此时花朵繁盛烂漫的场面。

"此花开过彼花起,赏花花不理。"此句继续描述春日盛景,视角从静态切换至动态,着眼于一花枯萎一花开的生机绵延。"此花开过彼花起"指一朵花凋谢后另一朵花接着绽放,是一种花的衰败后另一种花繁茂,一"此"一"彼"相互对应,一"过"一"起"互为衬托,既是写春花生机蓬勃,延绵不绝,也是写春日大美引得万芳绽妍,竞相开放。这也是后文"花不理"的原因,春光烂漫,春色醉人,花朵也沉醉在春景春情之中,哪里有空理会是否为人所观赏呢?

"黄花灿烂风铃徵。"此句中"黄"之一色,明亮、璀璨而又高贵,与前文的"红""紫"二色,形成视觉上的对比。"灿烂"二字,点出黄花的繁多,花团锦簇,如锦似云,成团成片,又写黄花的颜色,明亮耀眼,光彩夺目。"徵"是美妙的音律,在这里用作动词,丰富"风铃"的含义,一是指春风灌入黄花的声音,像是风铃发出动人心弦的乐声;二是指满树的黄花在风中晃动就像是春日的风铃,呼唤着春风的驻足。

"春风意,黄花里。"此句为点睛之笔。"春风"是春的化身,她拂过了万千花朵,携带着春日的万种风情,驻足枝头,将春天的神韵完全融入一朵朵黄花中。整个春天,都开放在黄花风铃木里。

"欲上枝头伴花侍,倚花花亦倚。"此时的黄花,也成为春天的化身,寄寓了圆满的春意,吸引着万物。万物感化于春,祈盼可乘东风登上枝头,在身边侍奉黄花。黄花为万物所倚靠,黄花也倚靠万物,因为春天无所不生长,春意无所不包容。互相陪伴,互相依偎,在"倚花花亦倚"之中,一片春意浓浓。

四、识花

黄花风铃木,紫葳科风铃木属,落叶乔木植物。花期3—4月,果期5—6月。黄花风铃木因花黄色,形如风铃而得名。黄花风铃木原产于美洲国家,20世纪末引入中国,目前在中国热带及亚热带地区有栽培。黄花风铃木为阳性植物,喜高温、喜湿、耐热、耐旱。

黄花风铃木四季景象各异,有春华、夏实、秋绿、冬枯的独特风韵,具有极高的观赏价值,被冠以"热带樱花"的美称。可做行道树,也可孤植、丛植或列植在公园、庭园等绿地,有很高的经济价值,是委内瑞拉国树和巴西国花。

归字谣·含笑花

归,万绿同心含笑回。

丝闹绮,香郁色芳菲。

〔清〕居廉《十香图册》之《含笑》

归字谣·含笑花

一、咏唱

春归大地，万物回青。田野之青，草木之翠，山水之碧，春天之万绿同心而归，齐回含笑花的花心。

丝缕般的花药，织成含笑花绮丽的春闺。春之馥郁与秀色，入闺而来，滋润玲珑的春心。朵朵含笑，更将无限芳菲与春意回向世间。

二、词牌与词谱

"归字谣"，又名"苍梧谣"（取自蔡伸词）、"十六字令"（取自周玉晨词），有称"归梧谣"者误。

"归字谣"起源于唐代，"苍梧谣"名在前，为单调小令，通篇四句，按字数排序为："一，七，三，五。"宋代袁去华词首句一字句，两首为"归"，因改调名为"归字谣"，元代周玉晨将此调改名为"十六字令"。

"归字谣"，共两体，均为单调四句十六字，属于最短的词。正体三平韵，第一、第二、第四句押韵，均用平声韵，以宋代张孝祥《归字谣》为例：

归。猎猎薰风卷绣旗。拦教住，重举送行杯。
平。中仄平平仄仄平。平平仄，中仄仄平平。

三、赏析

"归"字当头,和歌而行,可谓"归字谣"。本词描写含笑花纳春意而开,万物同心同愿,和歌而归向含笑花,故用该词牌。

含笑花形态独特,花朵中央是鲜绿色的雌蕊,玫红色花药的花丝簇拥在雌蕊周围,好像闺帐。本词从这一形态出发、延伸,将含笑花的盛开同充满绿意和生机的春意融合,展现了大自然的和谐之美。

"归",一字奠定全词基调。"归"有两层意思:一为回归,二为依止和归属。春回大地,万象更新,春天以其蓬勃的伟力让万物复苏,焕发出生生不息的精神,最突出的便是绿意萌发,山川遍染,引出下句。

"万绿同心含笑回",万物期盼春归,世界呼唤春色,带着这份向往,一同归属到含笑花里,因春天醉人的青绿就在含笑花的花心里。"万绿",绿色是生命的象征,"万绿"则代表万物对春天的希望。"同心",既指万物共同的心愿,又指含笑花花心,为万物共趋。"含笑",既是"万绿"之状语,以显彼此心意相通、喜悦含笑之状,又是含笑花之主语,她微笑欣迎万物来归。"回",与首字"归"合拍,做"万绿"谓语,点明春意就在含笑花心里,万物奔赴花心,将获得春意的滋养；作含笑花谓语，凸显含笑花代表春天，挽揽万物的心胸。

上句展现了含笑花在春天的重要地位，犹如开启春天的枢纽，一点花心，连接万物；一点青翠，染绿四方。

下句进一步细化描摹含笑花的情态，蕊丝和谐相依、共织春色，也阐述了开启春天、归于花心需要心意相通。

"丝闱绮"，花药如丝，将绿心围住，温柔守护着开启春天的绿心。"闱"，既指宫中之门，又指闺阁之围。"绮"，指有花纹的丝织品。万物之中，只有内心怀着与含笑花相同生命精神的事物，才能打开绮丽的闱闱，有资格融入绵绵春意。

"香郁色芳菲"，含笑花馥郁的花香，是为了更好地传播春天的信息，使自然万物都能感知春意。"芳菲"，既是含笑花之芳姿，又是春天草木欣荣之芳菲。含笑花蕊丝晶莹灿烂，为春天所钟爱，婷婷绽放，传香于世；而万物因得含笑花蕴含的春意，尽显芳菲。至此，春天回驻世间，遍洒生机盎然。

四、识花

含笑花，木兰科含笑属，常绿灌木植物，主要分布在中国西南和华南省份，以岭南一带居多，是著名的观赏绿化花卉。含笑花树高 2~3

米，树皮灰褐色，分枝繁密；芽、嫩枝、叶柄、花梗均密被黄褐色绒毛。叶革质，狭椭圆形或倒卵状椭圆形。花直立，淡黄色而边缘或红色或紫色，具甜浓的芳香，花期3—5月。

含笑花是我国传统名花。不过从记载来看，在隋唐时期及以前文献中较少看到含笑花的记载，由于其主要分布在岭南一带，与中原地区交流还不频繁。至宋代，含笑花的传播变得广泛，杨万里咏其："半开微吐长怀宝，欲说还休竟俛（fǔ，同"俯"）眉。"因其花开放，含蕾不尽开，故称"含笑花"。

含笑花树冠浑圆，叶片青翠，四季常绿，花瓣6枚，花苞微开，俏若莲花，矜持含蓄，贞洁素雅，堪称南国佳品。

天仙子·栀子花

仙子娉娉天上来,绿裙缦舞雪皑皑。

骄阳翡翠玉珠谐,脂脸嫩,

笑微开,暗吐清香君再栽。

〔五代〕徐熙《写生栀子》

天仙子·栀子花

一、咏唱

寒风吹来,落木萧萧,一片寂寥萧瑟之中,栀子花树着一袭绿裙,邀风共舞,揽雪入怀。轻盈曼妙,袅袅娉娉,似有仙子之姿。风摇动花枝,好似舞姿缦缦;雪覆盖在枝叶上,点缀出朵朵冰玉琼花。

初夏来临,刚刚升起的太阳面露绯红,带着几许温热,将阳光温柔地洒在栀子花脸上。枝干间挨挨挤挤地攒簇着片片翡翠,颜色浓得化不开,散发着温润透亮的绿光。露珠晶莹剔透、圆润可爱,在花叶间停留,闪耀着点点光芒。栀子花羞羞答答,露出凝脂般娇嫩的脸庞,启唇微笑,含苞待放。

清香吐露,暗诉花期已至,惹人怜爱。正值欣赏好时节,随君采撷遍栽他处,携清白纯净,送清香世间。

二、词牌与词谱

"天仙子",原为唐教坊曲名,后用作词调名。唐代段安节《乐府杂录》云,"《万斯年曲》,是朱崖李太尉进,此曲名即《天仙子》是也。"属龟兹部舞曲,又名"万斯年""万斯年曲""秋江碧"等。

"天仙子",共五体,正体单调三十四字,六句、五仄韵,以唐代皇甫松《醉花间·晴野鹭鸶飞一只》为例:

晴野鹭鸶飞一只,水葓花发秋江碧。刘郎此日别天仙,登绮席,泪珠滴,十二晚峰青历历。

中仄中平平仄仄,中中平中平中仄。中平中仄仄平平,中中仄,中中仄,中仄中平平仄仄。

唐代韦庄《天仙子·怅望前回梦里期》(变体三①):

怅望前回梦里期。看花不语苦寻思。露桃宫里小腰肢。眉眼细,鬓云垂。惟有多情宋玉知。

中仄平平中仄平。中中中中仄中平。中平中仄仄平平。中仄仄,仄平平。中仄中平中仄平。

三、赏析

天上仙子谓"天仙子"。冬日栀子花树袅袅娉娉,宛若天仙降临;夏日栀子花色若雪,娇嫩可爱,可与天仙比拟,故用此词牌。

词以冬、夏之时栀子花的形、色、香分别展现其冬日生机勃勃、郁郁葱葱,夏季娇艳动人、清香扑鼻的品性。

"仙子娉娉天上来,绿裙缦舞雪皑皑。"开篇点明栀子花树在万木皆黄、凋敝零落的季节,常绿不减,生机勃勃,为冬

---
① 变体三为单调三十四字,六句、五平韵。本篇《天仙子·栀子花》即采用此格律。

日带来生机与活力。栀子花枝干多向外笔直伸展,枝繁叶茂,极具生命张力。

"骄阳翡翠玉珠谐,脂脸嫩,笑微开","骄阳"为初夏温热的阳光,太阳刚刚升起,光照柔和,似面露娇羞刚睡醒的少女,与"脂脸嫩"相得益彰。"玉珠"即露珠,凸显露珠晶莹质感,大有"大珠小珠落玉盘"之意。初夏的阳光带着些许温热映照着栀子花,栀子花的枝叶传递出翡翠般醇厚、浓郁的绿色,栀子花含苞待放,花骨朵含笑微开,加之附着的露珠为其灌注了生命的灵动与活跃,三者共同衬托栀子花花瓣肤如凝脂般娇嫩,营造美美与共的和谐画面。

"暗吐清香君再栽",栀子花吐露清香,自然吸引人采撷。采摘后,或胸前佩戴,或案头赏玩,或植于阡陌,栀子花花开遍地、香满人间。"君再栽"以"再"字刻画采撷者从被清香吸引而喜爱栀子花的心理,转为通过栽种他处,使栀子花的香与美能被更多人欣赏的分享心理。美的实现是分享的过程,栀子花花香自然,虽处偏僻却不卑,按照生命节奏为世间倾吐清香,自有赏者、识者助力其价值实现升华和传播。

四、识花

栀子花,又称"黄栀子""山栀",茜草科,栀子属常绿灌木。栀子叶对生,革质,广披针形至倒卵形,先端和基部钝

百花词韵：阆苑

形，表面有光泽。花期3—7月，果期5月至翌年2月。春、夏开白花，顶生或腋生，有短梗，极香，原产于中国，在中国各地均有栽培。果实可入药，性寒、味苦，清热泻火。

在《本草纲目》中，栀子被称为"卮（zhī）子"，"卮"同"巵"（zhī），它的果子像商周时期的青铜酒器"卮"，因此古人顺势取其名为"栀子"。此花从冬季开始孕育花苞，直到近夏至才会绽放，含苞期越长，芬香越久远。栀子花花语一说为"喜悦"，另一说为"永恒的爱与约定"，均蕴含了美好的寓意。栀子花平淡、脱俗的外表下，是坚韧、醇厚的生命本质。

虞美人·虞美人花

虞兮奈若何悲切,留霸王空烈。

乌江流水起风波,垓下凝情血染美人歌。

和歌起舞千秋节,情满花和月。

美人花里舞翩翩,舞尽妖娆妩媚献人间。

〔宋〕佚名《虞美人图》

虞美人 · 虞美人花

一、咏唱

项羽兵败,困于垓下,四面楚歌,军心涣散。叹兮天时,悲兮骓马,神力乏用,豪情葬野。所望虞兮,今可奈何,人穷地丧,我寡敌多。虞兮虞兮,汝可奈何,娇颜皓质,弱武疏戈。

乌江水畔,英雄末路,有愧于心,不欲东渡。霸王气烈,舍马从步,背水击敌,浑然无惧。斩逾五百,威逾霄汉,其力虽竭,未敢有慢。忽而立足,遥观远岸,围者虽群,未敢有难。项羽观之,仰天长啸,但亡此身,吾名长耀。言罢横兵,寒光如照,魂归高天,魄散九窍。壮兮烈兮,霸王英姿,悲兮叹兮,虞姬不知。

江水流去,携虞姬清泪,点点波涛,沉项王遗志。有风来焉,朝代更换。悠悠水镜,所映者何,虞姬持剑,起舞放歌。丽音袅袅,华影婆娑,飞鹓临世,灿若银河。忽而舞毕,清泪成沱,毋愿累赘,血染轻歌。

虞姬虽逝,高节千秋长颂传。柔情自馥,芳华化作蕊中仙。赤心成衣,灼灼烈性为纹饰。乘风起舞,媚态盈盈摄云天。

银毫撒地,月镜高飞,花明叶亮,情至而晖。虞姬未逝,其颜绯绯,舞姿如故,歌容乃微。无减美艳,但增妍娟,妖娆妩媚,神逸形翩。弗息弗止,莫休莫眠,似寻项羽,更献大千。

二、词牌与词谱

"虞美人",为唐教坊曲,始见于敦煌曲子词,气势奔放,以慷慨悲歌为基本特色。《碧鸡漫志》云:"然(《虞美人》)旧曲三,其一属'中吕调',其一属'中吕宫',近世又转入黄钟宫。"该词牌名称来源有多种说法。虞美人,秦末人,即虞姬,项羽之姬妾,常随侍军中;又草名,别称"丽春花""锦被花",花有红色、紫色、白色等。"虞美人"又名"一江春水""玉壶水""巫山十二峰"等。

"虞美人",共七体,正体双调五十六字,前后段各四句、两仄韵、两平韵,以五代李煜《虞美人·风回小院庭芜绿》为例:

风回小院庭芜绿,柳眼春相续。凭阑半日独无言,依旧竹声新月似当年。

中平中仄平平**仄**,中仄平平**仄**。中平中仄仄平**平**,中仄中平中仄仄平**平**。

笙歌未散尊罍**在**,池面冰初**解**。烛明香暗画堂**深**,满鬓青霜残雪思难**任**。

中平仄仄平平**仄**,中仄平平**仄**。仄平平仄仄平**平**,中仄中平中仄仄平**平**。

虞美人·虞美人花

五代李煜《虞美人·春花秋月何时了》：

春花秋月何时了，往事知多少？小楼昨夜又东风，故国不堪回首月明中。

雕栏玉砌应犹在，只是朱颜改。问君能有几多愁？恰似一江春水向东流。

三、赏析

"虞美人"相传来自楚汉相争项羽兵败与虞姬相别之事。[①]本词既写名下其人，又写同名之花，人花相合，情深义重，故用该词牌。

"虞兮奈若何悲切，留霸王空烈。"开篇，只听西楚霸王悲歌起，进入这段令人唏嘘的历史。汉代司马迁在《史记》里记述，当项羽夜里听到四面响起楚歌时，不禁慨然高歌："力拔山兮气盖世，时不利兮骓不逝。骓不逝兮可奈何，虞兮虞兮奈若何！"项羽一边唱，虞姬一边和歌而舞。[②]"悲切"与"空"相关联，大势已去，歌中无限悲切，而虞姬的舞又是何等悲怆。

[①] 王灼《碧鸡漫志》卷四："《虞美人》，《脞说》称起于项籍'虞兮'之歌。"
[②] 《史记·项羽本纪》："夜闻汉军四面皆楚歌……项王则夜起，饮帐中。有美人名虞，常幸从；骏马名骓，常骑之。于是项王乃悲歌慷慨，自为诗曰：'力拔山兮气盖世，时不利兮骓不逝。骓不逝兮可奈何，虞兮虞兮奈若何！'歌数阕，美人和之。"

"空",在此处有两层意蕴,其一,项羽无力回天,空余哀歌,聊以相寄;其二,结合整首词而言,相对于虞姬的忠贞和美丽,项羽的悲歌显得更加空虚。虞姬的舞是她的生命之舞,曲终之时,跟随项羽东征西战、颠沛流离的画面历历在目,十余载的相伴,对项羽的恩慕,从未动摇。当项羽深陷围困时,她的内心万分痛苦,但她没有哭泣、没有怨言,只想用舞姿给项羽以安慰,用美丽遮挡战场的残酷,用温柔陪伴彼此最后的时光。

"乌江流水起风波,垓下凝情血染美人歌。"以江水起风波,点明霸王"空"怀壮烈的原因、结果,并将之置于宏大的背景中。"风波",代表了四种波澜:既是江水被风掀动起波涛,横亘在楚军面前,又是项羽和他麾下内心的震颤、惊慌;既是两军对垒,战事纷争的战场局势,又是天时、地运的写照,当感受到了历史即将转移、乾坤即将变换的节奏时,江水也无法自抑地奔腾翻涌。然而,风波之中,虞姬犹如一束静穆的光,她从容地唱起项羽家乡的歌谣,从项羽身上拔出宝剑,在最后一眼深情的凝视中,引向自己的颈项……美人歌中逝,在溅落的碧血中,听不到了乌江涛声,也听不到了金戈铁马,只听到这一曲绝唱,回荡天宇。

"和歌起舞千秋节,情满花和月。""节"乃气节,是本句题眼,也是本词题眼。项羽的悲歌之中已预示了结局,那时的虞姬在舞动之中已然下定决心:项王如战死,虞姬绝不肯遭

虞美人 · 虞美人花

敌军蹂躏,更无偷生之念;只愿项王有一线生机,且退往江东,再图后举,妾身亦岂肯牵累大王!李清照说项羽"生当作人杰,死亦为鬼雄"[1],而虞姬之忠烈赴死,至纯至坚,更称得上"英杰"二字。曾子宣夫人魏氏作《虞美人草行》有云:"香魂夜逐剑光飞,青血化为原上草。"[2]天上明月往来亿万年,虞姬之心,明月可鉴,更有苍莽原野,在凉夜的风中,收化虞姬之魂,化出离离原上虞美人,哪怕英雄落败、世间战火,花月之中依然满含虞姬的深情与挚爱。

"美人花里舞翩翩,舞尽妖娆妩媚献人间。"传说虞美人花闻《虞美人》曲便花枝舞动,其实,那本就是虞姬在其中起舞。虞美人的花色有朱红色、紫色、粉色、白色等,尤其是朱红色,四片薄薄的花瓣如红绸随风飘动,那是虞姬身着衣裙,如蝶翻飞。虞美人以那颗芳心,寄寓在江野的寒枝之中,舞起生命的纯粹与善良,当楚歌声远、乌江水平时,唯有花朵翩翩,至今用妖娆妩媚温柔着人间。

四、识花

虞美人,罂粟科罂粟属,一年生草本植物。花期较长,从春季陆续开放到秋季,花未开前下垂,萼片2枚,花开后即脱落,

---

[1] 李清照《夏日绝句》:"生当作人杰,死亦为鬼雄。至今思项羽,不肯过江东。"
[2] 出自《苕溪渔隐丛话》卷第六十。

百花词韵：阆苑

花瓣4片，朱红色、紫红色、深紫色或白色。原产于欧洲，现中国各地栽培，品种很多，供观赏，花及全株入药，有镇咳、止泻、镇痛、镇静的功效。

虞美人花色艳丽，多姿多彩，清代《花镜》中记载其原名"丽春"，别名有"百般娇""蝴蝶满园春"等，称其"尝因风飞舞，俨如蝶翅扇动，亦花中之妙品，人多有题咏"。在原产地欧洲，虞美人深受欢迎，比利时国花即为虞美人。我国民间传说此花是虞姬所化，但明代之前的"虞美人"，并不是现今的虞美人，因为迟至明代，此花才引入我国，之后人们就把虞美人的名字用到了这种新的植物上，并深入人心。

醉花间·樱花

风相忆。雨相忆。

相忆樱花织。身着粉红衣,谈笑春光逸。

灿烂花香溢。婀娜花飘绎。

观花叶攀枝,花落何寻觅?

〔清〕佚名《万寿无疆二册·下册》之《寿长金芝》（局部）

醉花间·樱花

一、咏唱

又是一年春相见。风记着花香,雨记着花语,带着珍藏的回忆,风雨轻轻抚过樱花。往日又重现,爱慕的心一直在牵挂。

轻风细雨呼唤,相思的回忆由满树樱花温柔编织。樱花俏丽,似一位位身着粉红色衣衫的少女,一群群在一起,说说笑笑,纯色的青春发着光,在春日飞逸。

繁花缀满枝头,灿烂如一树烟霞,焕发明媚。花香流溢在风中,一片片花瓣从空中飘落,如烟如梦,演绎着情思,无处能藏。

樱花艳,樱花芳,惹得叶子攀上树枝探出了头,只为靠近一睹花容。花朵从枝梢轻跃而下,慢慢飞远,不知去处,留下叶子怔怔瞻望,在春风春雨中追忆,等待再相逢。

二、词牌与词谱

"醉花间",原唐教坊曲。今人任半塘《教坊记笺订》[①]云:"以上二名(指醉乡游、醉花间),以'醉'字相次……可能皆为酒筵间之令曲。""花间",即花丛中。唐代韦庄《菩萨蛮·如今却忆江南乐》词:"翠屏金屈曲,醉入花丛宿。"调

---

① 唐代崔令钦作《教坊记》,收录教坊曲名,今人任半塘对其笺订,引文为笺订部分。

名本意即咏醉酒于花丛中。

"醉花间"，共三体，正体双调四十一字，前段五句、三仄韵、一叠韵，后段四句、三仄韵，以五代毛文锡《醉花间·深相忆》为例：

深相**忆**。莫相**忆**。相忆情难**极**。银汉是红墙，一带遥相**隔**。
平平**仄**。仄平**仄**。平平平平**仄**。平仄仄平平，中仄平平**仄**。
金盘珠露**滴**。两岸榆花**白**。风摇玉佩清，今夕为何**夕**？
中中中中**仄**。中中平中**仄**。平中仄中平，中仄平平**仄**？

三、赏析

在春天烂漫的繁花之间沉醉，可谓"醉花间"。樱花之美令万物魂牵梦萦、念念不忘，万物不禁为之着迷、眷恋，故用该词牌。

"风相忆。雨相忆。"开篇便透出浓浓的思恋与爱慕。早春的微风细雨，带着绵绵情思，带着珍藏已久的记忆归来。

"相忆樱花织。""织"，细密而繁复，如编织锦缎一样，心思和气力都在其中，记忆中来来回回满是樱花的情影。当风和雨再次见到满树繁花时，在轻柔的抚摩和触碰下，过去无数个春天里与樱花短暂但美好的相处回忆，再度鲜活起来，在这个春天，欣喜重逢。

醉花间·樱花

"身着粉红衣,谈笑春光逸。"此句具体写樱花的动人与美丽、情态与气质,交代为何风和雨都如此忆念樱花。簇簇樱花,就像粉红色的梦,如身着粉红色衣衫的少女一般天真烂漫、无忧无虑。"逸",形容樱花的欢悦和热闹,无法阻挡,春风等闲,风采飘逸。樱花既代表着春光,也让春色更加灵动和美妙。

"灿烂花香溢。婀娜花飘绎。"这两句继续写花的气息、花的飘落,从动态视角完整地展现樱花的风韵。当灿若红云的繁花缀满枝头时,花香充溢在空中;当一片片花瓣飘落时,花雨缥缈,衣袂飘然,尽情演绎着春情。无论是枝头盛放还是随风零落,与樱花的邂逅都是如此动人心怀。

"观花叶攀枝,花落何寻觅?"结尾既递进,又带些许转折,以叶寻花影结尾,余味隽永。"缃叶未开蕊,红葩已发光",[1]樱花的绽放与叶子的生长有先有后,往往是花期将尽之时,叶才新生[2]。这一句通过写叶,进一步凸显樱花无法抗拒的美丽。叶也想尽快萌发,借着樱花,尽赏这春之绝美。但当叶攀上树枝时,花朵已启程离去,在春风春雨中,落红飞逝,渐去无痕。"何寻觅"与词首"相忆"恰成回环,相逢机缘短暂,但恰因花开不常在,才使相见的美好格外珍贵,足以织进心里、织进梦里。纯情的记忆一遍遍浮现,等待着来年的重逢。

---

[1] 出自南北朝王僧达诗《朱樱》。
[2] 早樱、晚樱和中国野樱花等品种先开花后长叶。

四、识花

樱花,又称"山樱桃""山樱花",蔷薇科,落叶乔木。叶卵状披针形,有锯齿,齿尖有腺体,叶柄有2~4个腺体。春季开花,花白色或红色,伞房状或总状花序。萼筒呈钟形。果实卵形或球形,黑色。其中,"中国红樱"是从福建山樱花中驯化筛选出来的优良耐热品种,在华东、华南、西南地区可栽培。

樱花花色鲜艳亮丽,枝叶繁茂旺盛,是早春重要的观花树种,常用于园林观赏。樱花可以群植,也可以植于山坡、庭院、路边、建筑物前。盛开时节,花繁艳丽,满树烂漫,如云似霞,极为壮观。可大片栽植造成"花海"景观,也可三五成丛点缀于绿地形成锦团,还可孤植形成"万绿丛中一点红"之画意。另外,樱花还可以做小路行道树、绿篱或制作盆景。

柳含烟·郁金香

花含笑,柳含烟。

窈窕娉婷荡漾,郁金香漫彩云间。醉花仙。

日洒金光云洒露,白粉红黄韵赋。

恋春春恋妙门玄,共春欢。

柳含烟·郁金香

一、咏唱

春阳和煦,郁金香迎着春光初放。花儿微张,盈盈含笑,柳丝千缕,袅袅如烟。

一袭春风拂过,花儿随风起舞,窈窕曼妙,娉婷荡漾。五彩郁金香,在春野中开出一片片绚烂斑斓的彩云,馥郁的芳香也随风漫溢其间。花仙化入花中,沉醉在春的浪漫与喜悦里。

日光熠熠如金,照洒花瓣;霁云过处,朵朵花儿沾润珠露。天宠地爱郁金香,白的圣洁、粉的娇嫩、红的夺目、黄的明艳,逞娇纵美,赋韵几多深情。

郁金香爱恋春天,春天亦依恋郁金香,相互依偎,相互成全,自然之道,奥理之门,何其玄妙。万物春天好做伴,共织春色,共享春欢。

二、词牌与词谱

"柳含烟",本为唐教坊曲名,后为词牌名,又名"柳含金"。调名始见五代毛文锡词,词中有"河桥柳,占芳春,映水含烟拂露"句,取其句意为词调名。调名本意即咏柳树枝条被晨雾缭绕。

"柳含烟",仅一体,双调四十五字,前段五句、三平韵,后段四句、两仄韵、两平韵,以五代毛文锡词《柳含烟·河

百花词韵：阆苑

桥柳》为例：

河桥柳，占芳**春**。映水含烟拂路，几回攀折赠行**人**。暗伤**神**。
中平仄，仄平**平**。中仄中平中仄，中平中仄仄平**平**。仄平**平**。
乐府吹为横笛**曲**。能使离肠断**续**。不如移植在金门，近天**恩**。
仄仄中平平仄**仄**。中仄中平中**仄**。中平中仄仄平**平**。仄平**平**。

三、赏析

"柳含烟"调名本意即咏柳树枝条被晨雾缭绕，本词描写郁金香漫放在春天里，花意与春意如烟萦系，寓款款深情，故用该词牌。

本词从郁金香出发，延展到花与春天的深刻联系，层层递进，表达了万物相互依存、美美与共的自然妙境。

"花含笑，柳含烟。""含笑"，郁金香花开，花朵直立，顶部微张，似美人亭亭玉立，微微展颊，含笑传达心意。"含烟"，春日新柳，柳丝细长，嫩绿绦绦，轻轻摆动，一树树笼出翠霭，轻柔飘荡。首句营造出一幅春日正好的场景，引出下句春风拂来、郁金香开放。

"窈窕娉婷荡漾，郁金香漫彩云间。"一阵风吹过，花荡漾，香漫溢。"窈窕""娉婷"，显示出郁金香随风舞动的温柔花姿，"荡漾"与上句柳之"烟"呼应，花摇与"烟"动，令春景妩媚宜人。"漫",将嗅觉视觉化、形象化,随风舞动的不只是花,花儿的芳香也在和风而舞,悠悠蔓延开来,萦绕在郁金香花丛中。"彩云",将视角拉远,成片的郁金香花开烂漫,如大片大片的云霞,随风轻轻飘动。

"醉花仙。""醉",郁金香和风荡漾,香气盈盈,令花仙也沉醉。郁金香本是花仙的化身,当风情、春意、花开融合时,身处其中,就连花仙也不由得怡然忘归。

"日洒金光云洒露,白粉红黄韵赋。"此句描写出天地对郁金香的钟情与宠爱。"洒",郁金香既得太阳恩宠,阳光照射下的郁金香犹如镀上一层金辉;又得云的偏爱,气结凝露,滋润了郁金香。"白粉红黄韵赋"承接上句,日照露润下的郁金香美得更出彩,更有韵味,多彩的灵魂充满了诗情与画意,或纯洁,或明艳,共同向外传达着郁金香的多情内心。

"恋春春恋妙门玄,共春欢。"郁金香恋春,沉醉在春风里,起舞为春增彩;春亦恋郁金香,以阳光雨露抚爱郁金香。郁金香与春天,相互依恋,祥和相融,正因为内在深刻地彼此相连,才会如此相得益彰。"妙门玄",佛、道教指领悟精微教理的门径,源自老子《道德经》"玄之又玄,众妙之门"。自然之奥妙,究其深,穷其理,似乎亦未能详之,但透过表象的融合之美,已然能参透这玄妙所在,能知了到此,便已得其门而入,便已是美好。"共春欢",进一步将通达妙门的快乐写出,大千世界，万物之间，因为这深刻不绝的联系，不负春意而生，共把春欢歆享。

四、识花

郁金香，百合科郁金香属，多年生草本植物，源于土耳其至伊朗一带，也说起源于中国的天山山脉，16世纪被引入欧洲以后，郁金香的花形、花色逐渐丰富起来。郁金香属长日照花卉，喜向阳、避风、冬季温暖湿润、夏季凉爽干燥的气候。花期4—5月，色彩艳丽，单朵顶生，有白色、黄色、紫色、粉色、红色和蓝色，以及镶边、斑斓条纹多种华丽的色彩。郁金香是著名的球根观赏花卉，可作为切花、室内盆花、园林绿化等，深受人们喜爱；也可做药用，花可除心腹间恶气，根能镇静。

郁金香的花语是博爱、体贴、高雅、富贵、能干、聪颖、善良，因其华丽的外表和美好的寓意被荷兰、土耳其、阿富汗、土库曼斯坦等国尊为国花。

春光好·海棠花

春光好,百花浓,海棠红。

国艳贵妃神韵,谱春风。

日润月滋娇纵,风吹雨打从容。

如梦如烟如醉笼,喜相逢。

〔清〕邹一桂《秋石海棠图》

春光好·海棠花

一、咏唱

春光正好,花团锦簇,万紫千红,百花盛意正浓。海棠花,红而艳丽,朵朵胭脂,娇艳欲滴,即使身处百花之中,也是如此夺目。

国艳芳色,风华绝代的贵妃神韵,展露在枝头的海棠中,展现着繁荣昌盛,辉煌大气。海棠春风满面,嫣然含笑,和百花一同沉醉在明朗春风里,谱写春之悦曲。

天地都偏爱娇纵这份美丽,太阳润泽其光彩,月亮滋养其婉柔。即使风吹雨打,海棠花也沉静自在,从容面对,这娇艳的红,依旧在风雨后的枝头伫立着。

如梦境虚幻,如烟雨朦胧,如醉眼迷离,如雾锁纱笼,海棠之美,似幻亦真,有缘,终欣喜相逢。

二、词牌与词谱

"春光好",唐教坊曲名,相传唐玄宗因赏春景,命击羯鼓、吹玉笛,而成此曲调,后演为词调。宋代王灼《碧鸡漫志》考此调来历,引《羯鼓录》云:"明皇尤爱羯鼓、玉笛,云八音之领袖。时春雨始晴,景色明丽,帝曰:'对此岂可不与他判断?'命取羯鼓,临轩纵击,曲名《春光好》。"春光好,意指春色明丽。后因晏几道词有"拼却一襟怀远泪,倚阑看"句,改名"愁倚阑令",或名"愁倚阑",或名"倚阑令"。

"春光好",共八体,正体双调四十字,前段五句、三平韵,后段四句、两平韵,以五代十国和凝《春光好·纱窗暖》为例:

纱窗暖,画屏闲,䯼(duǒ)云鬟。睡起四肢无力,半春间。
平平仄,仄平平,仄平平。仄仄仄平平仄,仄平平。

玉指剪(jiǎn)裁罗胜,金盘点缀酥山。窥宋深心无限事,小眉弯。
仄仄仄平平仄,平平仄仄平平。平仄平平仄仄,仄平平。

三、赏析

风景正宜,春光正好,可谓"春光好"。海棠花开,美艳动人,为春之风韵谱写了独树一帜的美好,故用该词牌。

本词从描写海棠时节颜色到品味海棠神韵、性格,写出了海棠之大美本色,并阐发若能有缘与这份美丽相遇,相遇就是欢喜。

"春光好,百花浓,海棠红。""好",是春意正盎然,春色正当时;"浓",是百花绽放的盛宴,万般烂漫尽在眼前;"红",是春光的点睛之笔,正是这红让春意越浓、越动人。

"国艳贵妃神韵,谱春风。"承接前三句,生动形象地展现了海棠之于春天的重要地位。"国艳",国之最艳丽,海棠

春光好·海棠花

花开,艳冠群芳,堪比佳人倾国之美。"韵",是精神的灵气——贵妃明艳鲜丽之神韵,与盛世海棠的气质完美契合。观海棠犹如观贵妃,其态,入微有神,有气韵、有呼吸,跃然而出,灵活飞动,同时,"花贵妃""国艳"均为海棠花的美称。正是海棠蕴含的这红而不俗、艳而不娇的神韵,才谱就了更鲜活、更具风情的春风。

"日润月滋娇纵,风吹雨打从容。"通过日月娇纵和风吹雨打的对比,展现海棠的高贵本色。海棠在受到独宠偏爱时,尽显妩媚。日者,阳之主;月者,阴之宗也。海棠的美丽让日月都偏爱,娇宠她的娇媚,纵容她的妖娆。海棠大方开放,享受着日月的润泽宠爱,担得起宠爱,也经得起风雨。海棠在风吹雨打中"从容",盛放如常,即使身处逆境,也不改明艳之色、从容之气,浪漫而刚毅,令他花羡慕且尊重。

"如梦如烟如醉笼,喜相逢。"结尾通过多种场景比喻,展现海棠美到不真实之感。"梦"和"烟",将海棠美到如梦似幻、如烟似雾的状态写出,让人不敢相信这是真实存在的美丽。"醉笼",观赏海棠犹如醉眼看纱笼,红红一片,越想看清晰却越不清晰,这虚实不定的美妙绝伦,大有无限回味的空间。"喜",将赏花者遇见美好的心理状态写出。期待美好的赏花者,一直等待着有机会与美好相逢。可当这美好出现在眼前时,赏花者却难以置信,恍如在梦中,但心的跳动幸福,却愈加清晰。是啊,怎能不酣畅欢喜,世界之大,美丽无界,终于和心中的美丽相逢了,相逢就是喜乐。

四、识花

海棠,蔷薇科苹果属,落叶乔木。海棠花小枝粗壮,呈圆柱形;叶片椭圆形至长椭圆形,边缘有紧贴细锯齿,有时部分近于全缘;花序近伞形,花瓣卵形;基部有短爪,白色,在芽中呈粉红色。花期4—5月,果期8—9月。海棠对严寒及干旱气候有较强的适应性,喜阳。海棠原产于中国,18世纪传到欧洲。供观赏,果可食。

海棠自古以来便是雅俗共赏的花,唐代贾耽的《花谱》一书称海棠为"花中神仙"。此外,海棠花还有"国艳""花贵妃""花尊贵"等美称,在皇家园林中常与玉兰、牡丹、桂花相配植,有"玉堂富贵"的意境。

啰唝曲·紫罗兰

秀色天外起,紫气花中来。

花如蝴蝶舞,香溢漫开怀。

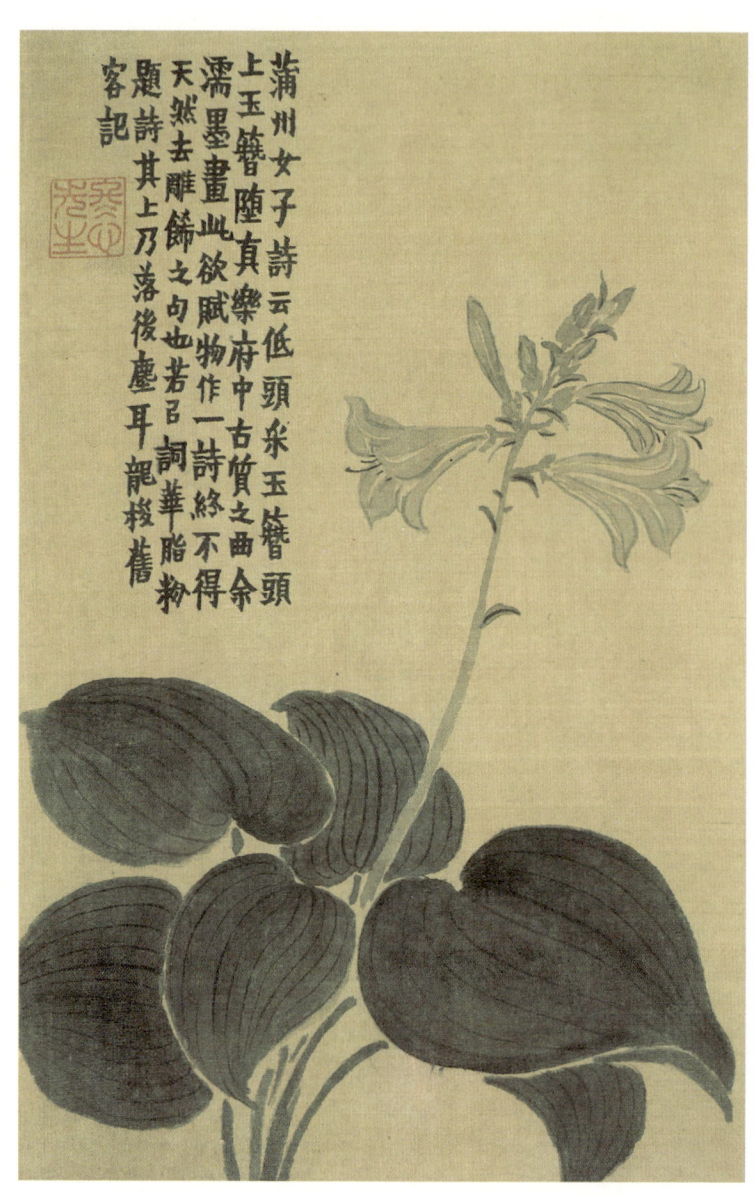

〔清〕金农《杂画(十二开)》(紫罗兰局部)

啰唝曲·紫罗兰

一、咏唱

玉颜盛美,秀色神飞,仿佛从星河深处,从天外源起。披一袭紫衣,如世系天选,瑞气浮动于纤枝复蕾,从花中郁郁而来。

花朵在清风中舒展摇曳,好似灵动的蝴蝶萦绕在枝头起舞。花香涌溢,漫出了花心,心意在其中,带着期许,敞开了襟怀。

二、词牌与词谱

"啰唝(hǒng)曲",兴起于唐代,调名源自陈后主所建啰唝楼。啰唝曲,刘采春所唱,皆当代才子所作五、六、七言绝句,五言体又名"望夫歌",元稹诗所谓"更有恼人肠断处,选词能唱望夫歌"也;七言体又名"江南曲""江南意"等。

"啰唝曲",共三体,正体为单调二十字,四句、两平韵,以唐代刘采春《啰唝曲六首》(其一)为例:

不喜秦淮水,生憎江上**船**。载儿夫婿去,经岁又经**年**。
仄中中仄,中中中中**平**。中平平仄仄,中仄仄平**平**。

三、赏析

相传,陈后主建造的高楼名为"啰唝"[①],曲名得于此,

---
① 胡震亨《唐音癸签》卷十三。

百花词韵：阆苑

又名"望夫歌"，唐代刘采春能唱此曲，听者无不落泪悲泣。紫罗兰高贵大气。在西方神话中，紫罗兰由主管爱与美的女神维纳斯的泪滴化成。紫罗兰被视为高贵、优雅的象征，如巍巍高楼，亦如述情动人之曲，故用该词牌。

"秀色天外起，紫气花中来。"开篇先从整体上营造出紫罗兰秀美非凡的特质。此句有两解，一是从地理线索上，紫罗兰源生于地中海沿岸，远在天边，充满异国风情；紫色是贵胄的颜色，紫气象征尊荣和吉祥，而紫气由东而来，传说仙家老子由东往西出函谷关，带着祥瑞紫气[①]。故此句可作"秀色西天起，紫气东方来"之解：紫罗兰秀美的外形来自异域，高贵的气质则在东方养成。一东一西既相互对照，又彼此成就。二是从神韵上，紫罗兰金芯玉蕊，紫雾蓝烟，如同一境幽梦。天然紫色的花朵往往带有一种神秘的气质，仿佛源自天外，耐人追寻。紫罗兰，生于一地，长于一方，它的灵气汲取了大地的滋养，也从上天托付而来，天地的灵气通过紫罗兰的花朵得以展露。

"花如蝴蝶舞，香溢漫开怀。"此句写花的外形和令人愉悦的芬芳，更具象地写出了紫罗兰充满灵动的"色"与"气"。如果说蝴蝶是飞行的花朵，那么紫罗兰花朵在风中就如枝头舞

[①] 唐司马贞作《史记索隐》，引刘向《列仙传》曰："老子西游，关令尹喜望其紫气浮关，而老子果乘青牛而过也。"

动的蝴蝶。而紫罗兰盛开之时，像是敞开了心门，舒畅胸怀，无所拘束，阵阵独特的芳香逸出。紫罗兰动人心神，它只要开放，就足以展现出美，那是与自然本质无二的美。同时，因自然赋予其灵秀之气，所以它一开放，必定如蝶翩舞，紫气传香。

四、识花

紫罗兰，又叫"草桂花""四桃克""草紫罗兰"，十字花科、紫罗兰属，两年生或多年生草本植物。花期4—5月。花多数较大，花瓣为类似卵形的紫红色，花朵茂盛，花色鲜艳，香气浓郁，花期长，花序也长，为众多爱花者所喜爱。紫罗兰喜冷凉的气候，忌燥热，适生于位置较高，接触阳光，通风、排水良好的环境中。紫罗兰可做冬、春两季的鲜切花，经济效益明显，亦常栽于庭园花坛或温室中，具有观赏价值；同时，具有清热解毒、美白祛斑、滋润皮肤等保健价值。

紫罗兰原产于欧洲南部的地中海地区，18世纪开始在欧洲大规模种植，是欧洲名花之一，在古希腊是富饶多产的象征，雅典将它作为徽章旗帜上的标记。紫罗兰的花语是"永恒的美与爱"，也象征质朴、高雅、诚实等美德。

醉公子·丁香

春生丁香结,缘起丁香叶。

叶苦性温良,花仙相叶芳。

朵朵清雅洁,簇簇娇艳绝。

公子醉何妨?花开满世香。

〔清〕蒋廷锡《写生册》（紫丁香页面）

百花词韵:阆苑

一、咏唱

春来,春思亦来,催生了丁香花,打着心结,粒粒如扣。十字星花朵在枝头回望,心绪历历,情思悠悠,缘自丁香叶曾给予的温暖滋养。

丁香叶虽然苦涩,但入药性温而良,救治了一身郁病的花仙。花仙化作朵朵丁香,与丁香叶长相伴。醇厚的芳香是为了传达花仙对叶的感恩。

精致的丁香花,一朵朵结成一束束,一束束连出一簇簇,一簇簇长满一树树,清新高雅、成群结队、娇艳如霞,照耀着春日融融。

看花的公子不妨于花下酣醉,且不管是醉了春、醉了花,还是醉了情。沉醉之中,丁香花开遍整个世界,芳香也浸透了天地人间。

二、词牌与词谱

"醉公子",词牌名,又名"四换头""醉翁子"。"醉公子"为唐代人习用语,李山甫《曲江》诗:"千队国娥轻似雪,一群公子醉如泥。"词调名取于此。

"醉公子",共四体,正体双调四十字,前后段各四句、两仄韵、两平韵,以五代顾夐(xiòng)《醉公子·漠漠秋云澹》

醉公子·丁香

为例:

漠漠秋云澹,红藕香侵槛。枕倚小山屏,金铺向晚扃(jiōng)。
中中平中仄,中中平中仄。中仄仄平平,中平中仄平。
睡起横波慢,独望情何限。衰柳数声蝉,魂销似去年。
中中平中仄,中中平中仄。中仄仄平平,平平中仄平。

三、赏析

公子酩酊(mǐng dǐng),怡然而醉,可谓"醉公子"。此词中,丁香叶好比公子,因丁香花的温柔陪伴而沉醉,故用该词牌。

"春生丁香结,缘起丁香叶。""丁香结"一语脱胎于丁香花精致灵巧的形态。小小的花苞圆而鼓,恰如衣襟上的盘花结扣。"结"意指心结、情结。"殷勤为解丁香结,放出枝间自在春"[①],丁香花解不开的思念,随着春天的到来生发而出。花蕾丛生的丁香,为何带结而生?原来是结缘而来。这系结之对象,正是丁香叶。

"叶苦性温良,花仙相叶芳。"回顾了花仙与丁香叶结缘的故事,说出了丁香花情思百结的缘由。花仙虽贵,但不免外感杂气,以致寒邪内侵,沉郁失色。后来,因缘际会,仙子偶

---

① 出自宋代王安石《出定力院作》。

遇丁香树，得丁香叶而入药。丁香叶性温，散寒止痛，花仙服后，身心俱得调理，终得痊愈。叶虽不能言，但花仙犹爱之，便化其精魂入树，于春日带结开花，依偎叶旁，传送芬芳，表达感恩。句中之"芳"呼应尾句之"香"，丁香，正如其名，以气正、浓郁的芬芳闻名于世，自古以来便香药合一，用则神气俱清。丁香以香气回馈绿叶，可见花仙钟情之切、用心之深。

"朵朵清雅洁，簇簇娇艳绝。"此句着眼于花朵的外形与神态，写出了馈香之时的殷勤与恳切。丁香花开，每一朵小花有四片水滴形的花瓣，如粒粒晶莹的珠玉，圣洁而优雅。层层叠叠的花穗，繁复精细，与绿叶相配，如卷珠帘一般，透着娇美与明艳，展示出花朵答谢的真诚与喜悦。

"公子醉何妨？花开满世香。"尾句视角转移至"公子"，承接上文，进一步点题。"公子"可作两解。一是将丁香叶比作公子，二是停在花下的赏花人。"醉何妨"，公子且醉，不妨任之，有丁香花年年相伴，不论是枝上叶，还是树下人，都倚树相依，总有花香如衾，覆于周身。公子闻香而醉，因花而酣，肆意神游，与花之馨香交融。"满世香"，丁香花"纵放繁枝散诞春"[①]，她以香为信，倾诉报答之心，在每个春天，在世间每株丁香树上，与叶相依相伴，让每个感受到丁香情结的灵魂陶然沉醉。

---

① 出自唐代陆龟蒙《丁香》。

四、识花

丁香,木犀科丁香属,落叶灌木或小乔木,是紫丁香的简称。明代高濂在《草花谱》中提到:"紫丁香花木本,花微细小丁,香而瓣柔,色紫,故名紫丁香。"花期4—5月,果期6—10月,喜光,稍耐阴,喜温暖、湿润,有较强的耐寒性和耐旱力。

丁香是著名的庭园花木,其花序硕大、开花繁茂,花色淡雅、芳香,习性强健,栽培简易,因而在园林中广泛栽培应用,在我国已有1000多年的栽培历史。丁香有清热、解毒、消炎的药用功效。

丁香花纤小文弱,花筒稍长,故给人以欲尽未放之感。丁香花未开时,花蕾密布枝头,称"丁香结"。宋代王十朋称丁香"结愁千绪,似忆江南主"。唐宋以来,诗词中常以丁香花含苞待放比喻愁思郁结。历代咏丁香诗,大多有典雅庄重、情味隽永的特点。

抛球乐·绣球花

一世一花幽,千花绣一球。

乐抛球亦乐,缘结万年修。

意在仙花里,仙姑何必羞?

〔明〕陈淳《花卉图册》（绣球页面局部）

百花词韵：阆苑

一、咏唱

前世种种，因缘和合，皆为今生序章。一世姻缘，均在朵朵花间幽幽隐藏。千花攒聚，万色同心，细小花朵围满枝梢，拟作绣球模样。

喜悦在绣球花抛掷中传递，幸福在脸上洋溢交织。绣球花促佳偶合璧，乐见其成。情意悠悠，缘分跨越岁月，万年修来。

绣球花开正盛，仙姑此中爱意谁知？缘分天定，抛球明心，何必害羞让姻缘流逝？

二、词牌与词谱

"抛球乐"，唐教坊曲名，词牌名。《唐音癸签》云："《抛球乐》，酒筵中抛球为令，其所唱之词也。"《宋史·乐志》云："女弟子舞队，三日抛球乐。"按此调三十字者始于刘禹锡词，皇甫松本此填，多一和声。三十三字者始于冯延巳词，因词有"且莫思归去"句，或名"莫思归"，此时，多为五言、七言小律诗体；至宋代柳永，借旧曲名别倚新声，始有两段一百八十七字体。

"抛球乐"，共四体，正体为单调三十字，六句、四平韵，以唐代刘禹锡词《抛球乐·五色绣团圆》为例：

抛球乐 · 绣球花

五色绣团圞，登君玳瑁筵。最宜红烛下，偏称落花前。上客如先起，应须赠一船。

中仄中平**平**，平平仄仄**平**。仄平平仄仄，中仄仄平**平**。仄仄平平仄，中平中仄**平**。

唐代皇甫松《抛球乐·金蹙花球小》(变体一)[①]：

金蹙花球小，真珠绣带垂，绣带垂。几回冲蜡烛，千度入香怀。上客终须醉，觥盂且乱排。

平仄平平仄，平平仄仄**平**，仄仄**平**。仄平平仄仄，平仄仄平**平**。仄仄平平仄，平平仄仄**平**。

三、赏析

抛球伴随快乐和喜悦，可谓"抛球乐"。古有恋人借抛球喜获良缘，缘定终身；今有新娘手持捧花，抛向未婚女子，传递姻缘祝福，故用此词牌。

"一世一花幽，千花绣一球。"在一世又一世的轮回中，绣球花迎来今世的花期，并将万千信息隐藏在花中。千千万万细碎的花朵攒聚成球，似由纤手绣出。"一世"是信息在时间和空间维度的延伸，蕴含了万物在过去千万世的信息，以及无

[①] 变体一为单调三十三字，七句三平韵、一叠韵。

数个体在今世属于自身的信息。"幽"为隐藏、幽藏之意，作为爱情象征的绣球花由无数细小的花朵攒聚而成，一个花朵蕴含了一世的相恋缘分，并将这种缘分信息隐藏在花中。绣球花由"千花"绣成，是千世缘分在今生的汇聚，缘分通过绣球花展现，促成今生的相知相恋。

"乐抛球亦乐，缘结万年修。"姑娘抛绣球花，带着沉醉于爱情的甜蜜和对未来生活的美好心愿，此为"人乐"。千世佳缘蕴藏于绣球花，指引恋人在一抛一接中实现今生情缘。作为情缘的载体，绣球花撮合恋人喜结良缘，促成前世缘分在今生延续，此为"花乐"。所谓"前世的五百次回眸，换得今生的一次擦肩而过"[1]，缘分靠千万年的不断积累和修炼才能在今生实现，故而人与花"同乐"。

"意在仙花里，仙姑何必羞？"绣球花别称"聚八仙花"[2]或"八仙花"，令人不禁联想到八仙的故事。此花因由仙姑培育，故曰"仙花"；"仙姑"，即八仙中的何仙姑。传说，何仙姑成仙前对吕洞宾有意，曾特意在花圃中种植花朵，将自己的深情化为一朵朵花，开出圆满的形状。花开之时，她邀吕洞宾前来观赏，希望吕洞宾能领会蕴藏在绣球花中的情谊，结成良缘。

---

[1] 出自席慕蓉《回眸》。
[2] 《钦定古今图书集成·方舆汇编·职方典》第七百六十三卷记载："绣球，一叶百蕊，一蕊八英，如簇球然，故名。红者曰山丹，白者名粉绣球。即聚八仙花，今误为琼花者。"

何仙姑以花为媒向吕洞宾含羞示爱,其实何须如此含蓄呢?那一世世的情缘经过了多少等待,才孕育出这吉祥的绣球花!上天注定的缘分已近在咫尺,无须委婉。

仙姑种下的绣球花已传遍人间,后人借花结缘,抛绣球以情定终身,不负仙姑以花传情之用心。

四、识花

绣球,虎耳草科,落叶灌木,在清代吴其濬《植物名实图考》中又名"八仙花""紫绣球",在《本草拾遗》中名"粉团花",在

《植物分类学报》中名"八仙绣球"。绣球树高1~4米;茎常于基部发出多根放射枝而形成一圆形灌丛;叶纸质或近革质,倒卵形或阔椭圆形;伞房状聚伞花序近球形,直径8~20厘米;花密集,多数不育,为粉红色、淡蓝色或白色,花期为6—8月;孕性花为极少数。本种花和叶含八仙花苷($C_{21}H_{16}O_9$),水解后产生八仙花醇($C_{55}H_{12}O_4$),有清热抗疟功效,也可用于治疗心脏病。野生绣球生于山谷溪旁或山顶疏林中,海拔380~1700米。此种也可栽培。①

---

① 出自中国植物物种信息数据库第35卷"绣球"词条。

百花词韵：阆苑

木绣球为茜草目忍冬科荚蒾属绣球荚蒾种，落叶或半常绿灌木，在《广群芳谱》中记载为"绣球"，在南京又称"八仙花""紫阳花"。木绣球树高可达 4 米；树皮灰褐色或灰白色；芽、幼枝、叶柄及花序均密被灰白色或黄白色簇状短毛，后渐变无毛，叶临冬至翌年春季逐渐落尽；聚伞状花序直径 8~15 厘米，全部由大型不孕花组成；花冠白色，花期为 4—5 月。[①] 在我国江苏、浙江、江西和河北等地均有栽培。

木绣球耐寒、耐旱，适应能力很强，可以适应一般的土壤，也喜欢在温暖湿润的气候中生长，既可以户外种植，也可以做盆栽用。木绣球具有很高的观赏价值，在古代可种于院墙中，如明代邓仪写诗赞美"广庭春日正暄妍，一树名花玉槛前。百颗毳（cuì）毬谁织就，几枝琼萼露和圆"；在现代适合作为风景园林观赏植物和街头绿化带植物，极易成活，而且绣球树姿开展圆整，春日繁花聚簇，团团如球，尤似雪花压树，枝垂近地，尤饶幽趣，成为一道亮丽的风景线。绣球花可作为新娘结婚所用的捧花，成为婚姻与爱情的重要象征。

因两种绣球花花形相似，古籍中对"绣球"多有混淆，民间也对"八仙花"所指品种不同，故此处介绍两种。本词描述的是后者。

---

① 出自中国植物物种信息数据库第 72 卷"绣球荚蒾"词条。

捣练子·槐花

蝴蝶舞,蜜蜂徘,

夏草春花尽入槐。

洁白雍华低首笑,

软风细雨吻香腮。

〔清〕戴衢亨《绘夏槐八景·槐市横经》（局部）

捣练子·槐花

一、咏唱

春夏更迭之时正值槐花盛开之际，洁白如雪的花朵缀满枝头，清香飘逸，引来蜂团蝶阵，嚷嚷纷纷。蝴蝶、蜜蜂绕着槐花，或飞舞，或徘徊，或成群，或结队，好不热闹。芳草萋萋，已呈初夏的葳蕤之貌；繁花灼灼，仍有暮春的灿烂之景。繁茂的槐花似从高空中盛开，将这夏草春花，一并揽入怀中。

洁白如雪的花朵缀连成串，花姿婀娜，花瓣微绽，似颔首浅笑，如神女一般高雅圣洁、雍容华贵，惹得风雨也为之动容，纷纷赶来。风雨轻柔细腻地轻拂着花瓣，似是在神女的颊边留下缱绻的轻吻。

二、词牌与词谱

"捣练子"，又名"捣练子令"、"深院月"（因李煜词[①]起结有"深院静"及"数声和月到帘栊"句，故名）、"杵声齐"和"剪征袍"（取自贺铸词）等。

"练"为白色熟绢，捣之使柔软；"子"有"小"的意思（小曲），是词调的一种名称。此词本意即歌咏捣练，为妇女捣练时所唱歌曲，多作妻子怀念征夫之辞。

"捣练子"，共两体，正体为单调二十七字，五句三平韵，

---

① 此词多为李煜所作；传为冯延巳所作，见《尊前集》，《钦定词谱》也采用后者。

百花词韵：阆苑

以五代李煜《捣练子·深院静》为例：

深院静，小庭空，断续寒砧断续风。无奈夜长人不寐，数声和月到帘栊。

中仄仄，仄平平，中仄平平中仄平。中仄中平平仄仄，仄平中仄仄平平。

宋代李石《捣练子·心自小》（变体①）：

心自小，玉钗头，月娥飞下白苹洲。水中仙，月下游。
平仄仄，仄平平，中平中仄仄平平。仄平平，中仄平。
江汉佩，洞庭舟，香名薄幸寄青楼。问何如，打拍浮。
平中仄，仄平平，中平仄仄仄平平。仄平中，中中平。

三、赏析

练，是一种杵捣后变得柔软的白色熟绢。槐花在春夏之交，垂下洁白柔滑如丝绢一般的花串，恰似"捣练子"所得之绢，故用该词牌。

本词描写了槐花的美丽姿态，以及虚怀若谷、以笑回报万

---

① 变体为双调三十八字，前后段各五句、三平韵。李石四首均为双调，其余宋人作此调者较少。

捣练子·槐花

物的情状,而蜂团蝶阵、夏草春花与和风细雨也均以各自的方式,表达了对槐花的喜爱之情。

"蝴蝶舞,蜜蜂徘,夏草春花尽入槐。"此句中的"舞""徘"二字,描写了蝴蝶、蜜蜂纷纷在槐花周围或起舞或徘徊之状,具有动态之感。"夏""春"二字点明时节为春夏交替之际,"草""花"二字与后文中的"槐"字,在空间上形成上下照应。"夏草春花尽入槐"一句从时间和空间两个方面入手,既写了季节更迭又写了空间变换,同时,"槐"与"怀"同音,夏草的热烈,春花的神韵,都融入了槐花,也都为槐花的胸怀所包容,共同构造一幅春末夏初的美好景象。

"洁白雍华低首笑",从花色、花态和花韵三个方面对槐花进行了细致描写。槐花有"洁白"花色、"雍华"花态、"低首笑"花韵,花串自高树枝头垂下似颔首浅笑,即便身在高处、美丽高雅,与花草相比一高一低、一上一下,也依然绽放如"笑",美好动人,庄重大方。此句既解释了上句"蝴蝶舞,蜜蜂徘"的原因,也为尾句做了铺垫。蝴蝶和蜜蜂不禁欣喜前来,同时,槐花的高贵让蝴蝶和蜜蜂不敢贸然停留于花朵之上,或上下翱飞,或前后徘徊,露出情怯之态。

"软风细雨吻香腮",槐花为春花、夏草、蝶阵、蜂团所喜爱,并不自傲,只是颔首浅笑,尽显谦虚,终而连"软风""细雨"也吸引而来。"软""细"二字,强调风雨的轻柔细腻,而"吻"字进一步突出风雨的柔情,风雨轻拂串串槐花,小心翼翼地表达对槐花的喜爱,更加衬托出槐花的美好。

四、识花

槐花,一般指开放的花朵,也称"槐蕊",花蕾则称为"槐米",广义的槐花包含花朵及花蕾。槐树,既可指国槐又可指刺槐,在我国两者均为常见树种。

刺槐(在我国也称"洋槐",与国槐区分开来),豆科刺槐属,落叶乔木,原产于美国东部,17世纪传入欧洲及非洲,现于我国各地广泛栽植。刺槐树高10~25米;树皮灰褐色至黑褐色,浅裂至深纵裂;总状花序,花序腋生,长10~20厘米,下垂,芳香;花冠白色,各瓣均具瓣柄,旗瓣近圆形,长16毫米;荚果褐色,或具红褐色斑纹,线状长圆形,长5~12厘米。花期4—6月,果期8—9月。

国槐单称"槐"(见《神农本草经》),又称"守宫槐"(见《群芳谱》)、"槐花木"、"槐花树"、"豆槐"、"金药树"等,豆科槐属,温带乔木。槐树可高达25米;树皮灰褐色,具纵裂纹;当年生枝绿色,无毛;圆锥花序顶生,常

捣练子·槐花

呈金字塔形，长达 30 厘米；花萼浅钟状；花冠白色或淡黄色，旗瓣近圆形；荚果串珠状，长 2.5~5 厘米或稍长，径约 10 毫米，种子间缢缩不明显，种子排列较紧密，具肉质果皮，成熟后不开裂，具种子 1~6 粒；种子卵球形，淡黄绿色，干后黑褐色。花期 7—8 月，果期 8—10 月。

国槐是温带树种，喜光，喜干冷气候，原产于中国，现全国各地广泛栽培，以黄土高原和华北平原最多；日本、越南也有分布；朝鲜并见有野生；欧洲、美洲各国均有引种。国槐也是"守土树"，一般栽在村口或庙门前，借"怀"声表达游子怀念故里之情，以候望游子叶落归根，魂归故里。

槐树，树冠优美，花芳香，是行道树和优良的蜜源植物；花和荚果可入药，槐花味苦、性平、无毒，具有清热、凉血等功效；叶和根皮有清热解毒作用，可治疗疮毒；木材可供建筑用。

相思引·蔷薇

花满枝头刺满枝,柔枝细叶任东西。

攀墙绕架,妩媚引相思。

日纵月娇真本色,风吹雨打自然姿。

春情夏意,无相相皈依。

〔清〕郎世宁《花阴双鹤图》（局部）

百花词韵：阆苑

一、咏唱

玲珑的花朵缀满枝头，披一身荆棘，自由生长。柔软的枝条、细密的绿叶任由东西，随心伸展，随性蔓延，开出满庭芬芳。

无心之间，伸展的藤蔓攀上篱墙，缠绕着木架铺满各个角落，花儿吐蕊，妩媚可爱，引得世间众物歆慕，为她相思。

日光的照耀与容纵，月光的恩泽与娇宠，蔷薇会心领受，大方处尽显真实本色；风尘的吹拂与摇晃，雨水的拍打和冲击，蔷薇依旧笑迎，坦然中更露自然之姿。

穿越春日的盛情，奔赴夏日的绵意，不问花期，自有来意，不理杂芜，无求亦不着相。于自然之中，万象合一，万相皈依。

二、词牌与词谱

"相思引"，词牌名，又名"琴调相思引"（取自赵彦端词）、"定风波令"（取自周紫芝词）、"玉交枝"（取自房舜卿词）、"镜中人"（取自《古今词话》无名氏词），原为唐五代时乐曲名，此曲为寄托女子心中的情思，曲调伤感。

"相思引"，共三体，正体为双调四十六字，前段四句、三平韵，后段四句、两平韵，以宋代袁去华《相思引·晓鉴燕脂拂紫绵》为例：

相思引·蔷薇

晓鉴燕脂拂紫**绵**,未忺(xiān)梳掠鬓云**偏**。日高人静,沈水袅残**烟**。

中仄平平中仄**平**,中平中仄仄平**平**。中平中仄,中仄仄平**平**。

春老菖蒲花未著,路长鱼雁信难**传**。无端风絮,飞到绣床**边**。

中仄中平平仄仄,中平中仄仄平**平**。中平中仄,中仄仄平**平**。

三、赏析

女子抒发相思之曲谓之"相思引"。本词反其道而行之,打破女子伤感的基调,从相思万物追溯至"引相思"之蔷薇,意境宏大,更能凸显蔷薇引得万物爱慕、心向往之的率真之性、自由之灵、自然之姿。若无引相思,何来相思引?故用该词牌。

"花满枝头刺满枝,柔枝细叶任东西。"此句从蔷薇的外形开始,延伸到她的天性。"刺满枝"与"柔枝细叶"表现蔷薇亦"刚"亦"柔"。"任东西"彰显蔷薇柔枝细叶下内在的坚强,按照自己的意愿,无惧生长。"心似白云常自在,意如流水任东西",蔷薇的坚韧是一种守拙、一种朴实,而她云一般的花朵,是安然与美好。句中的两个"满"字和"任"字,均凸显了蔷薇既无造作又无矫饰的状态,彰显了其内心的自由和丰富。

"攀墙绕架,妩媚引相思。""攀"与"绕"形容蔷薇恣意攀爬、蔓延之势,表现其灵动的形态。蔷薇的生命没有所谓的条条框框,她随性而为,花开时轰轰烈烈,无拘无束。正因如此,明丽如野火、妩媚如霞光的蔷薇,引得世间生命都赞叹她、渴慕她。"相思",既是对蔷薇盛开的美丽之姿着迷,又是欣赏和向往她纯真自在、潇洒自如的灵魂。

"日纵月娇真本色,风吹雨打自然姿。""日纵月娇"与"风吹雨打"是外界对蔷薇的印象。然而,无论是日月的关爱和娇纵,还是风雨带来的磨难和打击,阴晴、圆缺、顺厄、得失,都如流水飞云而过,蔷薇一贯"真本色""自然姿",落脚篱墙院落、山野水畔,俱率性天真,自然而然。

"春情夏意,无相相皈依。"蔷薇初开时节是在晚春和初夏,之后次第花开,一直延续到秋天。"春情夏意",蔷薇花开,温柔了时光,凝聚了春的钟情、夏的爱意。任季节更迭,她的美好从不断绝。"无相"是一种纯粹自然的心境和状态,蔷薇臻于物我两忘之境,没有执取①于相的分别与苦恼,精神在天地间悠游。"相皈依",蔷薇自身与自然合而为一,所以自然容纳的万物也一并与蔷薇交融。"一花一世界",大千世

---

① 出自《金刚经》。

界万般诸相都在蔷薇的花谢花开之中,生发流转,从自然而来,亦归于自然。

四、识花

蔷薇,蔷薇科蔷薇属,多年生丛生落叶灌木。形态上或直立,或攀缘,或蔓生;枝干上有皮刺叶;叶片为互生型;花朵单生或者在顶端丛生,有红色、白色、粉色、黄色、紫色等,花期为5—6月。

蔷薇原产于中国,喜光照,较耐寒,适应力强。国外将蔷薇亚属下的植物统称为Rose,国内则区分出月季、玫瑰、蔷薇,区别在于:月季,四季不败,刺稀疏,常于枝干顶端开出直径较大的单朵花;玫瑰,一季开花,枝干上的刺分布密集,叶面有皱纹,除可入药外,还可食用,因芬芳馥郁也可用来制作香料;蔷薇虽多一季开花,但属蔓延或攀缘灌木,羽状复叶。

蔷薇,《本草纲目》作"墙蘼",因其"草蔓柔靡,依墙援而生,故名墙蘼";又名"蔷薇""山棘""牛棘""牛勒""刺花"。蔷者,从墙;薇者,细小的草木,如此释义可见蔷薇习性,柔弱的枝条依靠坚墙或竹篱不断生长,可攀附成各种形态,宜布置于花架、花格、辕门、花墙等处。

百花词韵：阆苑

蔷薇是常见的缘墙而长花卉，既能入农家小院，也能上华庭。如唐代柳宗元"得韩愈所寄诗，先以蔷薇露盥手，薰玉蕤香"，宋代《杨文公谈苑》中记载"金陵宫中人采蔷薇水，染生帛"[1]。

---

[1] 出自《钦定古今图书集成·历象汇编·乾象典》第八十六卷。

殿前欢·芍药

笑春残,红花青琐殿前欢。

花王封相春光灿,国泰民安。

妍迎谷雨还。香清婉,邀了风相伴。

芍连春夏,药理经肝。

〔清〕邹一桂《藤花芍药轴》（局部）

殿前欢·芍药

一、咏唱

暮春已到,春将归去。春时无多,芍药会心一笑,青苗将要代替春花续写季节的乐章。芍药吐红绽艳,对着宫窗青琐,在皇苑大殿前露出欢颜。

花王牡丹明君圣聪,封芍药为花中宰相,彰显荣耀,万物欢喜,春光亦为之灿烂,共祈国安泰、民安康。芍药心怀虔敬,将美丽和芬芳献给遍洒甘霖的谷雨农神。

甘霖给予大地最温柔的爱抚,也滋润了芍药的芳魂。她的香气散出,清新而又温婉,邀约清风为同伴。风轻轻吹拂芍药的花瓣,将她的心愿带向四方。

春末始开,芍药花儿联结了春的祝愿和夏的盼望。以花入药,芍药调理经肝,带来疗愈,送来平安。

二、词牌与词谱

"殿前欢",曲牌名,又名"凤将雏""凤引雏""燕引雏""小妇孩儿",《太平乐府》注"双调"。此调用于剧曲、散曲套数和小令,还可以与中吕宫的"醉高歌"组成带过曲"醉高歌带过殿前欢"。

"殿前欢",共两体,正体为双调四十二字,前段四句三平韵、一叶韵,后段五句两平韵、两叶韵,以元代张可久《殿

百花词韵：阆苑

前欢·水晶宫》为例：

> 水晶宫。四围添上玉屏风。姮娥碎剪银河冻。搀尽春红。
> 仄平平。中平中仄仄平**平**。中平中仄平中**仄**。中仄平平。
> 梅花纸帐**中**。香浮**动**。一片梨云**梦**。晓来诗句，尽出渔翁。
> 平平仄仄**平**。平平**仄**。中仄平平**仄**。中平中仄，中仄平平。

三、赏析

居于庙堂之上，朝殿之前，以宇中黎民百姓安乐为乐，可谓"殿前欢"。芍药作为花中宰相，正是具有这样的精神追求，故用该词牌。

"笑春残，红花青琐殿前欢。"开篇以"笑"起、以"欢"落，刻画出芍药豁达、宽广的气魄与格局。凡人俗物见春尽，落红着地乱飞，不免伤春喟叹，但芍药欣然一笑：春将逝去，亦无须留恋，更应以笑颜相对。"青琐"，出自《汉书》典故，原本是装饰皇宫门窗的青色连环花纹，用以借指宫廷。身在朝堂皇苑，芍药以红花笑示，宽心广腹，气态沉稳，颇显宰相气度。与下句结合，凸显芍药居庙堂之高而心系庶民的心怀。

"花王封相春光灿，国泰民安。"花王牡丹心怀苍生，封芍药为宰相，两花同心相连，同气相求，得天地庆贺而春光俱

殿前欢·芍药

灿。西汉丞相陈平曾如此评价相国之位："上佐天子理阴阳……下育万物之宜……内亲附百姓，使卿大夫各得任其职焉。"花王牡丹于谷雨时节迎农神而开，为良田稼穑降下绵绵春雨，开启一年的春耕；芍药则在立夏前后绽放，担负起花王的心愿和事业。

"妍迎谷雨还。"如同牡丹在农神带春雨初来时的庄重与高贵，芍药妍姿绰约，也以一身秀色新装继续迎接春霖。将代表谷雨节气的农神作为社稷重神，更说明芍药承牡丹之文脉，心有戚戚焉。

"香清婉，邀了风相伴。""清""婉"是宰相秉持之香气，代表清正之气、虚纳之气，居宰相之高位，能秉公行事，以清明与谦和，得上信任，得下拥戴。此句"风"即上文"卿大夫"的代表。国相也需要诸僚与心腹相助，以派任国事。雨降而风来，因感受到芍药恤民之恳，应邀将芍药之芳传送世间，将宰相之心转告，将宰相之命遣达，携社稷之根基——农事之讯，风至千里，尽以佐行。

"芍连春夏，药理经肝。"结尾将芍药之名分拆，以"芍"对应花之体，花连春夏，即花之心连着粮之情；以"药"对应花之理、花之用。按中医药学说，"芍药色赤，赤者主破散，主通利，专入肝家血分……主除血痹、破坚积者"[①]。宋代名

---
① 出自缪希雍《本草经疏》。

百花词韵：阆苑

相范仲淹有"不为良相,则为良医"之言[①]。治国治病之理相通,如刘伯温《郁离子》所言,"故治乱,证也;纪纲,脉也;道德、政刑,方与法也,人才药也"。宰相之履职,既着眼大体,放眼春秋,更勤务细微,直达经脉。

芍药良相、良医两相宜,为相则利泽黎民,入药则普济众生,都不忘"国泰民安"那一颗拳拳初心。

四、识花

芍药,芍药科芍药属,多年生草本植物。芍药根粗壮,分枝黑褐色。茎高40~70厘米。花期5—6月,果期8月。品种繁多,有"白玉冰""杨妃出浴""墨紫含金""银线绣红袍"等。东亚地区广泛栽植芍药,其具有较高的观赏价值。芍药的根可药用,称"白芍",能镇痛、镇痉、祛瘀等;芍药种子含油量约为25%,可供制皂和涂料用。

芍药被誉为"花仙"和"花相",又被称为"五月花神",是中国传统六大名花之一,常见于中国绘画艺术中,寓意美丽、

[①] 宋代吴曾《能改斋漫录》记载,范仲淹少时祷告神灵,问日后能否当上宰相,卦象示以不能,又祷告,"不然,愿为良医"。

富贵、友谊，唐代韩愈赋诗云"浩态狂香昔未逢，红灯烁烁绿盘龙。觉来独对情惊恐，身在仙宫第几重"。在中国，芍药自古也被视作爱情之花，被尊为七夕节的代表花卉，象征美好的爱情。

相见欢·玫瑰

夜莺曲婉悠扬,柳丝长。

风拂玫瑰绽放、满园芳。

花红媚,叶绿醉,束梳妆。

堪折由心相赠、手留香。

〔明〕陈淳《花卉图册》（玫瑰页面局部）

百花词韵：阆苑

一、咏唱

为了爱人，夜莺每晚鸣唱心曲，婉转动听，声音悠扬。在幽静的花园里，青柳的丝绦伴着歌声轻轻摇动，像是在告别时，向爱人挥手致意。

清风拂过，玫瑰花在夜莺的歌声中热烈绽放，鲜红如宝石。风带着玫瑰的香气轻舞，让整座花园充满了芬芳。

玫瑰花红，娇媚动人；叶如玉，浓翠沉醉。玫瑰的芒，像细密的梳齿，为娇花整理出新容。待约的佳人把鲜艳的爱意盛放在枝头，含情如露，点缀在花瓣上。

玫瑰尽情绽放，奉献生命的芬芳，在最美的时候折下，伴着一颗真诚的心赠予意中人，赠花人手上存留玫瑰悠悠的馨香。

二、词牌与词谱

"相见欢"，词牌名，又名"乌夜啼""秋夜月""月上瓜州"等，原为唐教坊曲名，后用为词牌名。

"相见欢"，共五体，正体双调三十六字，前段三句三平韵，后段四句两仄韵、两平韵，以五代李煜《相见欢·无言独上西楼》为例：

相见欢·玫瑰

无言独上西**楼**,月如**钩**。寂寞梧桐深院、锁清**秋**。
中平中仄平**平**,仄平**平**。中仄中平中仄、仄平**平**。
剪不**断**,理还**乱**,是离**愁**。别是一般滋味、在心头。
中中**仄**,中中**仄**,仄平**平**。中仄中平中仄、仄平**平**。

三、赏析

因相见而欢欣喜悦,是为"相见欢"。爱人、友人相见时,为表达心意和祝愿,常以玫瑰代言。不管是赠予者,还是接受者,都因玫瑰感到幸福喜悦,故用该词牌。

"夜莺曲婉悠扬,柳丝长。"开篇未见花而先闻声,以玫瑰园中夜莺之歌开启一段关于纯真爱情的协奏曲。夜莺声音纯粹而投入,与玫瑰代表的纯洁爱情相得益彰。在英国作家王尔德的名作《夜莺与玫瑰》中,为了成全青年的爱情,夜莺愿意将自己的胸膛扎进玫瑰的刺里,不惜以自己的鲜血浇灌玫瑰,为青年在寒冬开出一朵玫瑰花。虽然故事的最后,青年因为遭到对方家庭拒绝,盛怒之下将玫瑰扔在泥泞的路旁,但那血红色的玫瑰中,仿佛一直回荡着夜莺的歌声。夜莺曾经一边歌唱一边走向生命的尽头,将爱都嵌入歌声里。"柳丝长",柳在中华文化里代表依恋、思念。柳树伴着夜莺,也为爱情陶醉,为爱情祝福。开篇两句中西合璧,夜莺的灵魂与柳枝的心愿,共同倾诉着爱恋与长情。

百花词韵：阆苑

"风拂玫瑰绽放、满园芳。花红媚，叶绿醉，束（cì）梳妆。"分别从整体和细节正面描述玫瑰，营造出温婉、浪漫的情调。"风拂玫瑰绽放、满园芳"，承接夜莺的歌声，其中的深情亦化入玫瑰的芳心。绵绵的情思按捺不住，借着花瓣绽放而出；又化为芳香，借着微风透露出来，荡漾在整座花园里，仿佛向意中人倾诉衷情。"花红媚，叶绿醉，束梳妆"，视角落在一株红玫瑰之上。"媚""醉""妆"更是将玫瑰悸动、欢喜、期待的心情逐一表露。红艳的花色，是动情之时为了意中人涂抹出来的妩媚；碧绿的叶片，是点缀着红妆的翠玉，代表了无瑕如玉的感情；一根根花刺排列，是为了整理梳妆，也是为了整理颤动的心思。

"堪折由心相赠、手留香。"结尾略微转折，玫瑰为了意中人梳妆打扮，却甘做嫁衣裳，在最美的时光，由人采摘而去。人们借玫瑰表达爱情，更应理解玫瑰的良苦用心。尾句与首句"夜莺之歌"的精神呼应，不计得失、不求回报，是夜莺的歌声中最美的旋律；爱无疆界、仁心爱人是赠人玫瑰手留余香的品质。

为了爱奋不顾身，这是崇高的浪漫主义，最让人憧憬、珍视。

四、识花

玫瑰,蔷薇科蔷薇属,木本植物。茎粗壮,丛生;小枝密生线毛,有皮刺;叶片为椭圆形或椭圆状倒卵形,有尖锐锅齿;花期5—

6月,花梗附着绒毛和腺毛,花瓣为紫红色或白色,芳香,倒卵形;果期8—9月,果实为扁球形,熟时砖红色。玫瑰喜阳光充足,耐寒、耐旱,喜排水良好、疏松肥沃的壤土或轻壤土。原产于中国华北地区以及日本和朝鲜,久经栽培,供观赏。由花提制的芳香油,为高级香料。花入药,能理气活血、疏肝解郁,主治肝胃气痛、食少呕恶、月经不调、跌打损伤等症。

玫瑰之"玫"有"石之美者"之意,"瑰"有"珠圆好者"之意。数百年来,玫瑰是热爱、荣誉、信仰、美丽的象征,因其美好的文化寓意,被世界多国尊为国花。

南乡子·茉莉花

玉骨冰肌,烈日当空展仙姿。

翠舞绿挥风雅译,香逸,天雨流芳谁第一?

〔宋〕赵昌《茉莉花图》

百花词韵：阆苑

一、咏唱

盛夏日光似火，大地上唯有茉莉花花开清凉，纯白的花瓣晶莹剔透，似玉做骨、冰做肌，迎着天空的骄阳烈日，亭亭玉立，如姿态曼妙的仙子，明润闪烁。

茉莉花的叶，青翠欲滴，临风挥舞，如仙子的衣袂绰约翻飞。小巧的白色花朵，如粒粒明珠，清丽风雅，如画如诗。花开温柔似水，清芬盈逸，直抵心扉。

天空洒下时雨，浇灌世间百花，竞展娇容，散发香气。群芳之中，谁是第一呢？

二、词牌与词谱

"南乡子"，词牌名，又名"好离乡""蕉叶怨"，原为唐教坊曲名，单调，后增为双调。"南乡子"应是流行于南乡一带的民谣曲调，不排除是隐居于南中的高士所作。此调宋人作者甚众，除抒情外，也有写景、言志之作。

"南乡子"，共九体，其中，单调四体，双调五体。正体单调二十七字，五句两平韵、三仄韵，以欧阳炯《南乡子·画舸停桡》为例：

画舸停桡，槿花篱外竹横桥。水上游人沙上女，回顾，笑

南乡子·茉莉花

指芭蕉林里**住**。

仄仄平**平**,中中中中仄中**平**。中仄中中平中**仄**,平**仄**,中仄中平中仄**仄**。

三、赏析

"南乡子"是流行于江南一带的民谣曲调。水乡江南,吴侬软语,一曲《茉莉花》曲调清丽,久久流传。故本词用该词牌。

本词描写茉莉花的形态特点和独特韵味,又借双关手法,称道茉莉花的品质,为民间经久传唱,突出茉莉花的动人与可爱。

"玉骨冰肌,烈日当空展仙姿。""玉骨冰肌",从色、形、韵入手,凸显茉莉花的纯洁美好,花色洁白,在艳阳的照耀下如玉如冰,晶莹剔透,花瓣肌理丝丝可见。"玉"字突出花朵的温润;茉莉花之于夏,如"冰"之于酷暑,其韵清凉,沁人心脾。同时,"玉""冰"本是坚韧之物,以二物做骨化肌,形神兼备,彰显了茉莉花在炎炎夏日芳姿秀立,引人瞩目。"展"字凸显茉莉花不为烈日所折,只为阳光而舞的曼妙,绝尘如仙。

"翠舞绿挥风雅译","舞""挥"以动感写翠枝绿叶在风中的自由情态。绿叶与翠枝,伴着明珠般的茉莉花,在风中舞动，情不自禁，芬芳流逸。此句"风雅"双关。茉莉花本身灵动、芬芳，气质风雅；而此神韵充满诗意，唯有流传千年的《诗经》"风雅"能将之传译。

"香逸"，茉莉花集轻盈浓郁于一身，时而鲜明亮丽，时而清新淡雅，透过散逸的香气让世界感受她的美好。

"天雨流芳谁第一？""天雨流芳"一词化用佛教典故，原指佛教宝花自空中飘落，净化浊息，润泽大地。后引申为天降润雨，滋生万物，芳华流转，生生不息。在天雨的滋润下，百花盛开，芬芳各异，随雨飘转。只有茉莉花如佛教宝花一般，清香常在，连同夏雨，解暑消热，滋养草木，恰如江南小调《茉莉花》所唱，"满园花开，香也香不过它……茉莉花开，雪也白不过它"，香飘四海，首屈一指，为世人所共咏。

夏日空间里，茉莉花的色白与芬芳，成为时间里茉莉花的生生不息。意韵千年传承，在一遍遍的传唱中，茉莉花中有不尽的清香与清凉。

四、识花

茉莉花，木犀科素馨属，直立或攀缘灌木。花期5—8月，果期7—9月。茉莉花喜温暖湿润，畏寒，不耐霜冻，喜光不耐阴，忌强光直射。茉莉花花瓣洁白纯净，蜡质明显，花香较浓烈，为著名的花茶原料及重要的香精原料；花、叶性味辛、甘温，

南乡子·茉莉花

具有清热解毒、利湿作用，可药用治目赤肿痛，并有止咳化痰之效。

古往今来，有诸多关于茉莉花的美丽传说。茉莉花在古代中国有"香魂""水宫仙""月宫子""汉宫妃"等美称。茉莉花花语包含忠贞、尊敬、清纯、贞洁、质朴、玲珑、迷人等意思。许多国家将其作为爱情之花，赞颂坚贞、纯洁和永恒的爱情；另外，还有国家以茉莉花表达尊敬与友好之意。

天净沙·夜来香

天净星灿流光，

夜深花绽来香。

露瑞风和稻黄。

何须日赏？

细藤柔蔓芬芳。

〔清〕居廉《十香图册》之《夜来香》

百花词韵：阆苑

一、咏唱

秋夜的天空深邃高远，明净如洗。繁星棋布，璀璨中，漫天星光流泻而下，浮光闪烁。

夜已深，枝上花未眠，聚星光而绽，如点点星火集散，花朵欣然舒展，送来馨香四溢。

夜露晶莹，汇嘉瑞之气；夜风徐徐，送祥和之气。露水润泽、和风轻拂，催促成熟和丰收，稻田镀金黄。

何须太阳赏光？温柔的夜里，夜来香枝藤纤长，条蔓柔软，沐浴星光蓬勃生长，传递生命能量，让秋夜充满芬芳。

二、词牌与词谱

"天净沙"，曲牌名，属北曲越调，用于剧曲、套数或小令，又名"塞上秋"（取自《太平乐府》无名氏"塞上清秋早寒"句）。此调或与沙漠小词有一定关系,可能由沙漠小词发展而来。

"天净沙"，共两体，正体单调二十八字，五句四平韵、一叶韵，其中，第四句为叶韵，以元代乔吉《天净沙·一从鞍马西东》为例：

一从鞍马西东，几番衾枕朦胧。薄幸虽来梦中。争如无梦，那时真个相逢。

天净沙·夜来香

平中中仄平**平**,仄平平仄平**平**。仄仄平平仄**平**。中平中**仄**,
仄平平仄平**平**。

元代马致远《天净沙·秋思》(变体①):

枯藤老树昏**鸦**,小桥流水人**家**,古道西风瘦**马**。夕阳西**下**,
断肠人在天**涯**。

三、赏析

  天空纯净,如苍漠银沙浩渺,可谓"天净沙"。秋夜星空澄净,夜来香花香浓郁,使悠悠天地间香气长存,故用该词牌。
  "天净星灿流光,夜深花绽来香。"开篇交代夜来香花开的背景,并巧妙地镶嵌"夜来香"之名于其中。秋夜的天空,星光闪耀,流光溢彩;秋夜的大地,夜来香在深夜映照星光,流溢芬芳。所谓"道生一,一生二,二生三,三生万物",自然之道为无形灵气,化育万物,在天则为星辰躔(chán)次②有度,在地则为草木顺时而生。天行有道,此刻夜来香秉气而生。在静寂的深夜中,多少花紧闭芳颜,"夜深花睡去"。

---

① 变体为单调二十八字,五句三平韵、两叶韵,其中,第三、第四句均为叶韵。《钦定词谱》一作:"枯藤老树昏鸦,小桥流水平沙,古道西风瘦马。夕阳西下,断肠人在天涯。"
② 躔次,指日月星辰在运行轨道上的位置,宋代沈括《梦溪笔谈·象数》所载"若不用太阳躔次,则当日当时日月、五星、支干、二十八宿,皆不应天行"即指此。

而夜来香花如其名，夜间开放，气味芬芳。"来香"既是指夜来香为世间送来清香，又指香气恍惚缥缈，是天地将无形灵气赋予夜来香，好似随天上星光流洒大地，使灵气可被嗅觉感知。

"露瑞风和稻黄。"秋天的露珠，在天气微凉时凝结，送来滋润，透露出丰收的吉兆。秋风温和，没有夏天的狂躁和冬季的奇寒，催促生命成熟。在露与风中，瑞气与和气盈盈而来，进入田间，令稻穗饱满，色泽金黄。夜来香并非独自绽放，她的绽放，携着露和风的温柔，夹带着稻谷的成熟，一同构成秋夜生生不息的生命图景。

"何须日赏？细藤柔蔓芬芳。"日与月，阴与阳，犹气之两端，万物或受太阳光辉的关爱，或受星月清辉的滋养。"何须日赏"，并非一定要于白昼盛开以接受太阳的赏光，夜来香有星光的照抚，在夜深时即能璀璨绽放。或许于夜色中隐藏了几分形貌，但风中依旧传送着芳香，展现着生命的风貌和生机。一帘帘藤蔓细柔纤长，一朵朵的夜来香也散若群星，她的芬芳一如香甜的稻香，让秋夜充满了希望。

四、识花

夜来香，萝藦科夜来香属，多年生柔弱藤状灌木。小枝被柔毛，黄绿色，老枝灰褐色，渐无毛，略具有皮孔。伞形状聚伞花序腋生，着花多达30朵；花芳香，夜间更盛；花冠黄绿色，

天净沙·夜来香

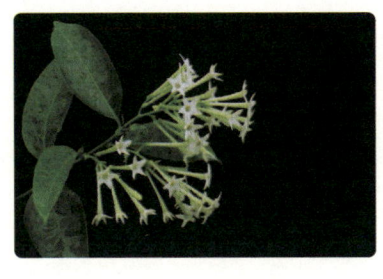

高脚碟状,花冠筒圆筒形。夜来香的花瓣与一般白天开花的花瓣构造不同,气孔随着空气的湿度增大而张大,夜间没有太阳照晒,空气湿度增加,因此香气特别浓郁。花期为5—8月,极少结果。

夜来香原产于中国华南地区,生长于山坡灌木丛中,目前在我国南方各地均有栽培,亚洲热带和亚热带、欧洲、美洲均有种植。夜来香在南方多用来布置庭院、窗前、塘边和亭畔,以供观赏。

夜来香之花可蒸香油,中国华南地区有取该花与肉类煎炒做馔之用。花、叶可药用,有清肝、明目、去翳之效,华南地区民间有用作治结膜炎、疳(gān)积上眼症等。

中兴乐·百合花

千凌百合任天彰,空兮恍惚芬芳。

清秀留光,洁雅呈祥。

缘生缘起蕴藏,情悠长。

何须喇叭,叶青花白,自有幽香。

〔清〕恽寿平《百合轴》

百花词韵：阆苑

一、咏唱

百年之约，千种风姿，万般韵致，这世间最美好的事物，任由天地作合，皆汇聚在百合花里彰显。花儿中空，虚怀若谷，将天地恍惚朦胧、似真似幻的灵气包罗在这芬芳花香里，沁人心脾。

百合花生得白净清丽、玉秀无瑕，阳光一寸寸缓缓移动轨迹，抚过百合花梗条和花瓣，流光在此驻留，摇曳着金灿灿的光辉。冰清玉洁，温娴静雅，向人间呈送着如意吉祥。

缘分生起，机遇难得，在花花世界，两个纯洁的灵魂相遇再重逢，总是手捧百合花相见，期望二人的感情犹如百合花香，情悠悠，久不绝。

这份美好，晶莹剔透，早已将深藏于心的情意表露，又何须形如白色的喇叭呢？叶儿青绿，花儿白莹，自有幽香脉脉，盛满情意相传。

二、词牌与词谱

"中兴乐（lè）"，又名"湿罗衣""罗衣湿""丝雨隔""柳絮飞"等。"中兴"意指国家由衰退转而复兴，调名原为六朝乐府杂歌谣辞，六朝时期中兴现象也为多部典籍记载。例如，南朝梁沈约《宋书·卷六十七·列传第二十七·谢灵运》载"有

中兴乐·百合花

晋中兴，玄风独振"；北齐颜之推《颜氏家训·卷四·涉务第十一》载"江南朝士，因晋中兴，南渡江，卒为羁旅"。

"中兴乐"于唐代入词调，取其本意，咏社会中兴。清代《御定佩文韵府》提及"中兴乐"时云"鲍照中兴歌既见"，意指南朝宋诗人鲍照有《中兴歌》，后人沿用之。

"中兴乐"，共三体，正体双调四十一字，前段五句三平韵、两仄韵，后段五句四仄韵、一平韵，以五代毛文锡《中兴乐·豆蔻花繁烟艳深》为例：

豆蔻花繁烟艳**深**，丁香软结同**心**。翠鬟**女**，相**与**，共**淘金**。
仄仄平平平仄**平**，平平仄仄平**平**。仄平**仄**，平**仄**，仄平**平**。
红蕉叶里猩猩**语**，鸳鸯**浦**，镜中鸾**舞**。丝**雨**，隔荔枝**阴**。
平平仄仄平平**仄**，平平**仄**，仄平平**仄**。平**仄**，仄仄平**平**。

五代牛希济《中兴乐·池塘暖碧浸晴晖》（变体一①）：

池塘暖碧浸晴**晖**，潋潋柳絮轻**飞**。红蕊彫（diāo）②**来**，醉梦还**稀**。
平平仄仄仄平**平**，平平仄仄平**平**。平仄平**平**，仄仄平**平**。

---

① 变体一为双调四十二字，前段四句、三平韵，后段五句、三平韵。《中兴乐·百合花》即采用此格律。
② "彫"为"雕"的本字。

春云空有雁归,珠帘垂。东风寂寞,恨郎抛掷,泪湿罗衣。
平平平仄仄平,平平平。平平仄仄,仄平平仄,仄仄平平。

三、赏析

家国走向兴旺和幸福,走向安乐,可谓"中兴乐"。百合花蕴含着世人对安乐美好的期许,故用该词牌。

本词通过对百合花形状、寓意的描绘,展现了人们对世间美好事物的追随与盼望,缘起一朵百合花,便是美丽生活的祝福。

"千姿百合任天彰,空兮恍惚芬芳。"将百合花的独特芳姿及其与天地自然的关系写出。"千姿"有两意,一指百合花的美丽姿态蕴含万千风情,变幻无穷,是天地间一精灵;二指百合花蕴含着天地自然的风采和人们的诸般美好向往。天长、地久、百年好合等是人们共同祈愿的美好,皆由自然之力汇聚在百合花里彰显。"彰",道出了百合花将蕴含的诸多信息鲜明地显示这一特质。"空兮恍惚芬芳","空"是百合花的气息所在,正是这空空如也的状态,才能将天地之间似有似无的灵性信息包含其中。百合花香气浓郁,芬芳无比,将接收到的信息极力地向世间传递,想要唤醒万物的灵性。

"清秀留光,洁雅呈祥。"百合花是清淡的秀丽,不施粉黛,洁白无瑕。"留",驻留之意,一字突出了百合花的白,连阳光经过，都想在花瓣上停留，熠熠生辉。"呈"，将百合花的高雅气质展现，百合花呈送祥瑞，犹如一位行洁言芳的女子，娴静温良，静静地伫立，无须言语，便向世间呈递吉祥如意。

"缘生缘起蕴藏，情悠长。"下阕前一句将人们对百合的偏爱写出。穿越千年时空，前世今生相逢又聚首，缘，总是妙不可言。许多深情，过于浓烈而说不出口，人们只好托付于百合花，白花无邪，总是能将情感真切地传递。无论是亲人在侧，还是知己相惜、风月情浓，情意千千万，悠悠不绝长，百合花都是缘分的象征。

"何须喇叭，叶青花白，自有幽香。"百合花状若喇叭，不是自己张扬，而是为了更好地替送花人传情，想让收花人知道是有心意想倾诉。"何须喇叭"，意为百合花何须形似喇叭，何须用这种形式表达心意，它品端良、情真挚、香扑鼻，只要心相通，自然而然就将情意传递了。正如天长地久、百年好合的真谛，不用刻意、不必渲染、相知相守，平淡而隽永，自有幸福弥漫。"青""白"，百合花的叶与花颜色分明，洁净无瑕，有两层寓意，一为百合花品性上的清白；二为百合花情感上的纯真。"幽香"，百合花芳香漫溢，传语送情。

四、识花

百合花，百合科百合属，多年生草本球根植物，原产于北

百花词韵：阆苑

半球温带地区，喜凉爽、湿润的半阴环境，较耐寒冷，属长日照植物，花期6—7月、果期8—10月。百合花主要分布在亚洲东部、欧洲、美洲等，全球已发现110多个品种。百合花为喇叭形，有香味，多为白色，背面带紫褐色，无斑点，顶端弯而不卷，花姿雅致，叶片青翠娟秀，素有"云裳仙子"之称。百合花花瓣可食用，色白肉嫩，味道甘甜，具有丰富的营养价值，也可作药用，有润肺止咳、清热、安神等功效。

百合花是中国传统名花之一，栽培历史悠久。早在南北朝时期，百合花就被种植在皇家花园中。百合花的种头由鳞片抱合而成，在中国取"百年好合""百事合意"之意，被视为婚礼必不可少的吉祥花卉，同时百合花也代表着纯净、优雅和高贵的品质，常被用于象征女子的高洁清丽。

柘枝引·合欢花

鲜枝嫩叶合欢眠,

　日照绽花妍。

　重叶青条雅,

绒花漫放粉丝娴。

〔明〕仇英《汉宫春晓》（局部）

柘枝引·合欢花

一、咏唱

温热的夏夜,雨洗过的枝叶,鲜亮新翠,香娇玉嫩。羽叶倾心相交,成对相合,在柔情蜜意中缠绵,相拥而眠。

晨光唤醒新的一天,日光明媚,照耀着合欢绽放出花儿朵朵,好似款款妍姝,睁开了眉眼,敞开了心扉。

一重重小叶,似一串串玲珑的玉珠,佩戴在青碧纤长的枝条上,恰似闺秀着一身雅致装束,散发出清风般的芳韵。

花冠合瓣,绒花竞放,烂漫成一树浮动的烟霞。素蕊丝丝,粉红窈窕,随风轻舞,柔美而又娴淑。

二、词牌与词谱

"柘(zhè)枝引",原为唐教坊曲名,后用作词牌名。《乐府杂录》将"柘枝"归类为"健舞曲"[①],《乐苑》将其称为"羽调曲"[②]。

柘枝舞因曲为名,《宋史·乐志》云:"小儿舞队有《柘枝》。"沈括《梦溪笔谈》云:"柘枝旧曲,遍数极多。今已不传,存此以志其概。"

---

① 《乐府杂录》将舞蹈分为健舞、软舞、子舞、花舞、马舞等类别,相应的舞曲便是健舞曲、软舞曲等。
② 羽调曲,以羽音为主音。相应地,以宫音、商音、角音、徵音为主音的曲子分别称为"宫调曲""商调曲""角调曲""徵调曲"。

"引"原是古代乐曲的名称,用来称呼琴曲,是唐宋杂曲的一种体制,有前奏曲、序曲的意思,后来成为词调的一种类别,多数由大曲摘编翻演而成,个别来自杂曲,体制一般比"令"长,但比"近""慢"短。故"柘枝引"调名本意即以引曲的形式歌咏柘枝舞。

"柘枝引",仅一体,定格为单调二十四字,四句、三平韵,以宋代《乐府诗集》无名氏词《柘枝引·将军奉命即须行》为例:

将军奉命即须**行**,塞外领强**兵**。闻道烽烟动,腰间宝剑匣中**鸣**。

平平仄仄仄平**平**,仄仄仄平**平**。平仄平平仄,平平仄仄仄平**平**。

三、赏析

唐宋有舞蹈,其名为"柘枝",其中两人相对,歌舞相应[①]。合欢叶互生,羽片成对,每一羽片上小叶也成对,其叶片成对之意趣恰如柘枝舞,故用该词牌。

"鲜枝嫩叶合欢眠",先从枝与叶着眼,将合欢花象征的柔情蜜意生动地描绘出来。羽状的合欢树叶,受阳光和温度影

---

① 见《钦定词谱》:"用二女童,帽施金铃,抃(biàn,意为击打)转有声。其来也,藏二莲花中,花坼(chè,意为裂开)而后见,对舞相占,实舞中雅妙者也。"

响,昼开而夜合,亦名"夜合"。"鲜枝""嫩叶"恰似正值芳华的青年与佳人,两情相悦,甜蜜缱绻。唐代杜甫在《佳人》一诗中写道,"合昏尚知时,鸳鸯不独宿","合昏"通"合欢",合欢叶开合,如鸳鸯双宿,见此情景,春心萌动,也可寄托闺思。

"日照绽花妍",视角由枝叶转向花朵,细述花之"妍"。在日光照射下,花朵的美貌更加显眼。合欢花从前一晚甜蜜的睡眠中醒来,面对太阳心花开放,这里既有情窦初开的思绪盎然,也有良人为伴的心醉。阳光下的爱情,净如晴空,花朵的面容也散发着明丽的光彩。

"重叶青条雅",将视角拉回到枝叶,通过枝叶的形态,重点凸显合欢的气质,彰显树之"雅"。绿叶如羽,重重对排,一层层软绵又轻柔;枝条经过雨润和光照,青翠如新,微微轻垂,甜美温柔,清新脱俗。情投意合的爱情让身处其中者充满能量,使之入夜安心而睡,启辰喜悦而醒,总是期待,总是赏心悦目。

"绒花漫放粉丝娴",视角再回到花,写花之"漫"与"娴"。合欢花形似绒球,因此合欢树又叫"绒花树"。花开烂漫,一如爱情的甜蜜浪漫。"娴",合欢花中,粉色花丝散垂如缨,一蒂所出,丝丝皆指同心,如同情丝万缕,温柔缱绻、娴淑美好,与"漫"形成对比。一动一静之中,幸福与满足从中洋溢而出。

"树为'合欢',花结'同心'",合欢花也被称为"同心花",这是独属于合欢的浪漫。合欢花开时,恰逢六月天,凝视那盛开的合欢,叶如天水浣洗后的青碧,花似朝阳点出的胭脂,温热的希望在心中悸动,期盼与心上人喜结连理,恩恩爱爱。

四、识花

合欢,蔷薇目豆科含羞草亚科合欢属,落叶乔木。高可达16米,树冠开展;小枝有棱角,嫩枝、花序和叶轴被绒毛或短柔毛;叶互生,偶数二回羽状复叶,羽片4~12对,小叶刀剑状,共10~30对,昼开夜合;花粉红色,花萼管状,长3毫米,花冠长8毫米,花丝长2.5厘米,且花萼、花冠外均被短柔毛;荚果带状,长9~15厘米,宽1.5~2.5厘米,嫩荚有柔毛,老荚无毛。

合欢为温带、亚热带、热带树种,喜温暖湿润和阳光充足的环境,也能耐沙质土及干燥气候,生长迅速。花期为6—7月,果期为8—10月。花丝团聚呈缨状,轻盈飘扬,如果把花球倒转过来,就像马铃上的红缨,故又得名"马缨花"。

柘枝引·合欢花

合欢树一般生长在山坡上，也可栽培。自古以来，人们就有在宅第、园池旁栽种合欢树的习俗。清代李渔说："凡见此花者，无不解愠成欢，破涕为笑。是萱草可以不树，而合欢则不可不栽。"现在，合欢树也常作为城市行道树、观赏树。

合欢树心材为黄灰褐色，边材为黄白色，耐久，多用于制家具；嫩叶可食，老叶可洗衣服；树皮可供药用，有驱虫之效。

好事近·薰衣草

梦幻紫云闲,风卷流光悠溢。

香草薰衣馨逸,美人何相识?

安神正气理神经,驱虫避瘟疫。

淡雅娇羞高洁,总让人追忆。

百花词韵：阆苑

一、咏唱

夏日暖阳映照，薰衣草大片盛放，花色迷人，连缀成梦幻般的紫色云霞，闲适渺远。温风拂过，缱绻卷起花朵流溢的光彩，荡溢出花朵的悠情逸致，将花之风采远扬。

此香草熏染衣物，香气四溢，沁人心脾。着衣之美人能否真正懂得薰衣草，又有谁知道薰衣草才是真正的美人？

薰衣草之美，更在色香之外，普惠众生之中。其香镇静安神，养护心神；顺气养气，可正元气；调理经络，改善神经；驱赶蚊虫，消毒灭菌，防避瘟疫。

薰衣草色清气雅，尽显高雅；妩媚含羞，娇而不傲；品质高洁，默默蕴藏一身良效，庇佑众人。其美入心，总让人心魂相牵，时时追忆。

二、词牌与词谱

"好事近"，又名"钓船笛"（取自张辑词）、"翠圆枝"（取自韩淲词）等。"近"原指舞曲前奏，属大曲中的一个曲调。近代王易《词曲史》[①]言："迨曲将半，则有催衮焉，催者，所以催舞拍也；衮又作滚，亦以滚出舞拍也；亦曰近拍，谓近于入破，将起拍也。故凡近词皆句短、韵密而音长，与引不同。"

---

① 王易.词曲史[M].上海：神州国光社，1932：109-110.

好事近·薰衣草

在词与音乐脱离后,"近"便只是一些词牌的组成部分,并无实际意义。

"好事近",共两体,正体为双调四十五字,前后段各四句、两仄韵,以宋代宋祁《好事近·睡起玉屏风》为例:

睡起玉屏风,吹去乱红犹**落**。天气骤生轻暖,衬沈香帷**箔**。
中仄仄平平,中仄中平平**仄**。中仄中平中仄,仄中平中**仄**。
珠帘约住海棠风,愁拖两眉**角**。昨夜一庭明月,冷秋千红**索**。
中平中仄中平中,中中中平**仄**。中仄中平中仄,仄中平中**仄**。

三、赏析

"好事近",字面意思即值得称道、于世有益的事临近,或特指男女欢会、祈福消灾之类法事活动临近。薰衣草既有安神正气、调理神经、驱虫防疫等诸多功效,也有守候爱情的美好寓意①,能为世人带来健康与喜悦②,故用该词牌。

---

① 薰衣草的花语一般为等待爱情。
② 古今中外关于薰衣草的美谈有很多。在我国,《汉书·卷九十六下·西域传第六十六下》记载了刘解忧(亦称"解忧公主")二十岁时[汉武帝太初四年(公元前 101 年)]嫁给乌孙国王之孙岑陬(zōu),以巩固与乌孙的联盟之事。相传解忧公主初到草原时不适应草原游牧生活,是野生薰衣草的美丽和幽香使公主从郁郁寡欢变得开朗起来。薰衣草在乌孙伴着解忧公主五十多年,成就了乌孙和汉室的和平。在国外,17 世纪,欧洲黑死病流行,人们手腕上都佩上一束薰衣草以避免传染;在第一次世界大战期间,欧洲一些军医用薰衣草治疗士兵的伤口。法国化学家莫里斯·盖提佛斯在一次实验中不慎被烧伤,紧急将手浸泡在薰衣草香水中,伤势迅速缓解,因此他于 1928 年在论文中提出"芳香疗法"一词,并在 1937 年出版了专著《芳香疗法》。

"梦幻紫云闲",恰承接"好事近",描写薰衣草连片开放的盛景,如片片"紫云"从花地升起,闲适悠然,如梦似幻。紫色在我国是高贵、吉祥、美好的象征,古有紫气东来,今有紫云梦幻,如何不是好事临近之兆呢?"闲"是株株薰衣草的姿态,自在开放,优哉游哉。

"风卷流光悠溢",更添一重梦幻意味,正因流光溢彩,才令人浮想联翩,如坠梦幻之境。"悠",本义为绵长的忧思,后引申为久远、闲适之意。"悠溢"既写花色流光漫溢的状态,将花色之美向外蔓延,也写薰衣草在风中的悠闲神韵,与上句之"闲"相互映衬,凸显其安适淡然的气质。即使薰衣草花丛梦幻如紫云,气质悠闲且淡然,有温风为之传扬,其美能否为人们所领会也仍是疑问,由此引出后一句之问。

"香草薰衣馨逸,美人何相识?"香气增加薰衣草之美,也引人思考"美人"为何、如何才能识得美人。"美人"一指身着薰衣草所熏衣物的佳人,其美在衣裳、在外貌,但佳人能否真正理解薰衣草的美,又是否知道薰衣草才是真正的美人呢?故"美人"也指薰衣草,赞颂薰衣草在色、在香更在品性的美。"香草"与"美人"相呼应("香草美人"),是自屈原之后常用的比兴手法,象征品德高洁、欲与恶臭浊流相抗衡的精神。

"安神正气理神经,驱虫避瘟疫。"回答上阕关于美人之问，借诸多良效展现薰衣草的美，增进人们对薰衣草的认识。"安神正气理神经"显示薰衣草对众人的惠爱，"神"乃人之精魂、心神，"气"乃贯通连接"神"与"神经"（人之物理实体）的纽带，三者协调一致可达至人的身心健康和谐；"驱虫避瘟疫"表现薰衣草对虫类和细菌的抑制作用，也体现出其与恶臭浊流相抗衡的心性，与前句"香草美人"相呼应。

"淡雅娇羞高洁"，在惠爱众人、除污抗菌的基础上更进一层，由物性写至灵性，由表及里地全面概括薰衣草的美好。"淡雅"既写出薰衣草的色与香之淡雅，也彰显其淡泊名利的品质；"娇羞"既写出薰衣草性与情的娇羞含蓄，也体现其默默奉献、低调静默的品质；"高洁"写出薰衣草心与神的高贵纯洁，既是薰衣草对自身的极高精神追求，也凝聚着人们对薰衣草品质的尊崇与喜爱。"美人"之美至此变得栩栩如生、深入人心，由此引出下句。

"总让人追忆"，薰衣草的形象气质之美与精神品质之美都令人久久挂怀。令人追忆的既是薰衣草难能可贵的美丽，更是它代表的众多香草，以及中华悠悠历史上的众多"香草美人"。全词结束于此，薰衣草的缕缕醇香也悠然升腾，久久萦绕。

四、识花

薰衣草，管状花目唇形科薰衣草属，多年生小灌木（半灌

百花词韵：阆苑

木或矮灌木），又名"拉文德"（拉丁学名音译）。薰衣草具有长的花枝及短的更新枝；叶线形或披针状线形，在花枝上的叶较大，疏离，长 3~5 厘米，宽 0.3~0.5 厘米；在更新枝上的叶小，簇生，长不超过 1.7 厘米，宽约 0.2 厘米；叶形、花色优美典雅，花期通常在 6—8 月（如果养护得较好，5—9 月均可开放），7 月薰衣草的花朵最盛，蓝紫色花序颀长秀丽。

薰衣草是一种天然香料植物，花中含芳香油。芳香油是调制化妆品、皂用香精的重要原料，尤为棕榄型香皂及花露水香精中的主要原料。其香气清香肃爽或浓郁宜人，有抗菌、健胃、发汗、止痛等功效。

薰衣草原产于地中海沿岸（野生于法国和意大利南部地中海沿海的阿尔卑斯山南麓一带），既耐低温又耐高温，性喜温暖干燥。后被多国引种栽培，成为重要的观赏及芳香油植物。经过我国新疆伊犁人数十年的精心培育，薰衣草在天山脚下伊犁河畔形成规模。天山山脉腹地的新疆伊犁哈萨克自治州，是中国薰衣草种植加工的主要基地，是亚洲地区最大的香料生产基地。

长相思·紫薇

红紫薇,紫紫薇。

红紫争妍绿树肥,花开朵朵菲。

雨微微,风微微。

细雨轻风君不归,雨绵风意绯。

〔明〕陈淳《紫薇扇面》

长相思 · 紫薇

一、咏唱

盛夏的时光唤醒了一簇簇紫薇。花开正艳，炫目的红，烂漫的紫，花朵缀满枝头，姹紫嫣红，争奇斗艳。花开色泽浓郁，树叶茂盛肥厚，朵朵花儿争相展颜，极尽芳菲。

雨儿绵柔，微微洒落；风儿轻柔，微微拂面。世间的细雨轻风，温柔缱绻，让紫薇依恋，迟迟不愿归去。绵雨诉柔情，轻风吐心意，紫薇也开得愈加绯红，回应着风雨的盛情爱意，两情缠绵，相思意正浓。

二、词牌与词谱

"长相思"，原为唐教坊曲，《古诗十九首》有"客从远方来，遗我一书札。上言长相思，下言久离别"。"长相思"为乐府旧题，南朝萧统、陈后主等均有诗作，多抒写离别相思之情。又名"吴山青"，取宋代林逋之词；或"山渐青"，取自张辑"江南山渐青"等。

"长相思"，共五体，正体为双调小令，三十六字，前后段各四句三平韵、一叠韵，以唐代白居易《长相思·汴水流》为例：

汴水流，泗水流。流到瓜州古渡头。吴山点点愁。

中中**平**,仄中**平**。平仄平平仄仄**平**。平平仄仄**平**。
思悠悠,**恨悠悠**。恨到归时方始**休**。月明人倚**楼**。
仄平**平**,中平**平**。仄仄平平平仄**平**。仄平平仄**平**。

清代纳兰性德《长相思·山一程》:

山一**程**,水一**程**。声向榆关那畔**行**。夜深千帐**灯**。
风一**更**,雪一**更**。聒碎乡心梦不**成**。故园无此**声**。

三、赏析

一入相思门,才知相思无尽处,可谓"长相思"。盛夏时节,紫薇与风雨相遇,亦与赏花人、与万物相遇,一见倾心,相逢难得,相思是时,故用该词牌。

本词上阕写紫薇开得绚丽,下阕写细雨轻风邂逅热情的紫薇,紫薇沉情忘我不愿离去,诉说缠绵缱绻的情思,道尽相思意。

"红紫薇,紫紫薇。"开篇即直写紫薇盛开,突出花醒目的亮色。炎热夏季,花朵绽放,分红色与紫色,也如燃烧一般,代表生命的活力与蓬勃。

"红紫争妍绿树肥,花开朵朵菲。"紫薇花开,绚烂无比,一团团红,一串串紫,争相展露妍色,相映成趣,相得益彰,尽在眼前。"肥",指满树绿叶生长得健康繁茂,青翠欲滴,

长相思 · 紫薇

将其在夏天盛放的热情极致凸显。紫薇花,紫薇叶,都在盛夏彰显着生命的张力。"菲",形容花草美、香气浓。紫薇的"菲",不是簇集抱团才有,而是独立的每一朵花,都在自由自在地绽放。远看,是一片紫红色的花云花瀑;近看,每一朵都是炽热浓烈的美好。

上阕着墨紫薇花开;下阕视角一转,风雨唤起情愫。

"雨微微,风微微。""微微"表现细雨绵风的轻柔状态,好似专门为营造气氛而来,让万物都被笼罩在风雨构成的珠帘里,它们的轻柔唤醒的不仅是人间赏花人,更是世间诸多赏花者。

"细雨轻风君不归,雨绵风意绯。""君"不只是指紫薇,赏花人、万物都被微微风雨的柔情蜜意感染,不愿离去。夏天丝丝细雨洒下清凉之意,清风拂面意悠然,好让紫薇留恋这盛夏,留恋这世间的点滴温柔。天上落雨,流芳人间,也流芳在赏花人心间。赏花人看到了紫薇,这份美丽的相遇,是刹那的心动与凝望,是心与美的映照,怎能不留恋相思?风雨是媒介,轻轻地敲打呼唤,唤醒了万物的缠绵情愫,万物都不愿归去。

"雨绵风意绯",阐明正是因为两情缱绻,所以才有相思长。"绵",将风雨的温柔体贴形象表现。"绯",既是风雨对紫薇的柔情蜜意,也是紫薇回应风雨的留恋情意。两心靠近,两情相悦,怎能不眷恋,怎能不相思?切切相思长,只愿时光慢点流淌，美好永存。

四、识花

紫薇，千屈菜科紫薇属，落叶小乔木或灌木。喜光、略耐阴、耐干旱、忌水涝，喜暖湿气候。夏季开花，花期6—9月，花开淡红色、紫色或白色，圆锥花序生于顶端。中国华东、华中、华南及西南地区均有分布；也分布于印度、马来西亚和澳大利亚等地区。紫薇常栽培于庭园供观赏。

紫薇的名字来源和北极星有关，北极星又名"紫微星"，在星象学中被称为"万星之主"，代表着尊贵和福祉。《新唐书·卷四十七·志第三十七·百官二》注"开元元年，改中书省曰紫微省，中书令曰紫微令"，所以紫薇有"官样花"之名。

桂殿秋·牵牛花

明月照,桂殿秋。

牵牛欲绽意先羞。

精编细织高攀月,

笑望天明死不休。

〔清〕邹一桂《花卉册》(牵牛花页面局部)

桂殿秋·牵牛花

一、咏唱

凉夜深深,一株牵牛花,正向天遥望。皎皎明月当空照,桂殿秋意正浓。中秋佳节,织女正赴月宫盛宴。思念着织女的牵牛花,意有万千,想起天界和凡间已是殊途,不禁和羞①而立。

月宫虽远,但阻隔不了思念心切,牵牛花精心编理枝条,细致织绘藤蔓,决心向月高攀,去追求遗留在时光里的深情。

天渐明,日光将临,月亮渐渐隐去。牵牛花笑望月亮的残影,哪怕花将陨落,时空更迭,心的向往也至死不休。

二、词牌与词谱

"桂殿秋",据唐代李德裕词中"桂殿夜凉吹玉笙"句,取为调名。

"桂殿秋",仅一体,单调二十七字,五句、三平韵,以宋代向子諲(yīn)《桂殿秋·秋色里》为例:

秋色里,月明**中**。红旌翠节下蓬**宫**。蟠桃已结瑶池露,桂子初开玉殿**风**。

平仄仄,仄中**平**。中中仄中中中**平**。平平仄仄平平仄,仄

---

① "和羞"为含羞之意,参见李清照《点绛唇·蹴罢秋千》:"和羞走,倚门回首,却把青梅嗅。"

仄平平仄仄**平**。

三、赏析

桂殿秋色谓"桂殿秋",本词描写了秋季月光下,一株牵牛花的生命历程,将多情的秋意寓昭,故用该词牌。

本词通过对牵牛花从开放到凋零的状态描写,引入牛郎织女相会的典故,展现了牵牛花不屈不挠、深情勇敢的花之风姿。

"明月照,桂殿秋。"此句营造出夜色里,秋意正浓的氛围。"照",将夜空中一轮霜月高挂、清明澄澈之景点染而出,月色如此明亮,给桂殿镀上一层薄薄的银光,深深夜色里,秋期正当时。

"牵牛欲绽意先羞。"牵牛花等待了很久,才等到这中秋之际。"绽",这株小小的牵牛花,是想要绽放的,是满怀期待的,想要攀到月宫去和自己有前世缘分的织女会面。可他也有担心,时过境迁,这一世他已经变了模样,化成一株牵牛花,织女还能认出他吗?"意先羞",牵牛花害羞,是有两个顾虑:一是天上与地下,织女与他身份悬殊;二是月明之夜,月宫正在举行盛宴,他的贸然出现,会不会影响织女的形象?

"精编细织高攀月",写出牵牛花攀月决心已定,如梦韶华太匆匆,不如早早相逢。"编""织"将牵牛花精心准备、笃定前行的状态写出，编理枝条，织绘藤蔓，只为达到目标。

"攀"写出了牵牛花奋勇向前的姿态，明月对秋风，明月思故人，高攀到月上吧，那里有心底最美的期望。

"笑望天明死不休"，牵牛花虽美，但朝开暮谢。牵牛花还没到达月宫，就已到月暮时分，但他依旧在笑望着月亮。他是开心的，因为他知道，即使这一世的他会离去，留存在时空里长久羁绊的信息也会流传下去，每一世的他，都会笑望明月，永不停止追求的步伐。在死与生的轮回之间，生命本身的动人已经超越一切，为心中的美好付出毕生，何尝不是一种美好呢？

四、识花

牵牛，旋花科牵牛属，一年生缠绕草本植物。由于"此药始出田野人牵牛谢药"（见《本草纲目》），该植物的籽实名为"牵牛子"，

花便是"牵牛花"。牵牛花又名"喇叭花"（花形酷似喇叭状）、"朝颜"（《本草纲目》记载牵牛花"日出开，日西萎"，它清晨盛开，容颜只为朝阳而驻）、"江娘子花"。

牵牛花，单叶互生，近卵状心形，3浅裂；花单生或2

百花词韵：阆苑

朵着生叶腋，有总梗；花大，径达 5~8（或 10）厘米；花冠漏斗状，顶端 5 浅裂，呈红色、紫色、蓝色、白色等颜色，还有红色或蓝色花冠镶以白色边缘及黑色的。牵牛花一般农历"二月种子"（4 月中旬左右），"三月生苗"，"七月生花"，"八月结实"（外有白皮裹作球，每球内有子四五枚，大如荞麦，有三棱，有黑、白两种，9 月后收）。

牵牛花原产于热带美洲地区，喜光，耐干旱及薄瘠土壤但不耐寒，能自播；是夏、秋季常见的蔓性草花，可做小庭院及居室窗前遮阴、小型棚架、篱垣的美化，也可做地被栽植。

牵牛花和牵牛星重名，往往让人联想到牛郎、织女的浪漫情缘，因此牵牛花成了"牵牛织女"七夕相会最具代表性的植物。宋代秦观在《牵牛花》一诗中描绘："银汉初移漏欲残，步虚人倚玉阑干。仙衣染得天边碧，乞与人间向晓看。"宋代施清臣赋诗云"一泓天水染朱衣，生怕红埃透日飞。急整离离苍玉佩，晓云光里渡河归"，认为牵牛花是织女用一潭天水染成的。林逋山云"天孙滴下相思泪，长向秋深结此花"，杨巽斋亦云"应是折从河鼓手，天孙斜插鬓云香"，"天孙"即织女，认为牵牛花凝聚了织女的思念。本词则将牵牛花与牵牛星联动，当作牛郎的化身。

浣溪沙·木芙蓉

花艳怜花吐嫩芽,花稀展叶护花丫。花残秋绽拒霜花。

冬聚花中银似雪,春浇花里粉如霞。夏天红日入花葩。

〔清〕邹一桂《芙蓉丹桂图》(局部)

浣溪沙·木芙蓉

一、咏唱

百花正艳,春情似水,爱怜这群芳娇美,木芙蓉吐出点点嫩芽,以一身新绿衬托繁花,迎接春光。夏秋之交,众花凋零,木芙蓉伸展宽大的绿叶,如玉袂一般捧持落英,呵护花瓣,让花意再稍留世间。寒风已起,霜落如尘,百花残褪,暮秋至深,木芙蓉严拒冰霜,开出朵朵鲜花,秀如锦帐自芬芳。

在秋天盛开,怀藏着冬、春、夏,一朵木芙蓉的花包含了四季的色彩。素冬之气,汇聚花中,初开如雪,洁白如玉;三春之雨,浇润花里,花转粉色,柔媚如霞;盛夏红日,灿烂如火,化入花葩。

二、词牌与词谱

"浣溪沙",词牌名,原为唐教坊曲名,后用为词牌名。别名"小庭花""满院春""东风寒""醉木犀"等。此调音节明快,为婉约、豪放两派词人常用。

"浣溪沙",共五体,正体双调四十二字,前段三句、三平韵,后段三句、两平韵,以宋代晏殊《浣溪沙·一曲新词酒一杯》为例:

一曲新词酒一杯,去年天气旧亭台。夕阳西下几时回?

中仄中平中仄**平**,中平中仄仄平**平**。中平中仄仄平**平**?
无可奈何花落去,似曾相识燕归来。小园香径独徘**徊**。
中仄中平平仄仄,中平中仄仄平**平**。中平中仄仄平**平**。

三、赏析

浣溪沙,有说"沙"通"纱",典出"西施浣纱"。于清溪流水中浣洗纱绸,在浣洗的过程中,纱越洗越出彩,正如经风霜洗礼的木芙蓉,故用该词牌。

上阕将木芙蓉放在其他花朵生命周期的背景下,突出木芙蓉孜孜以蓄、稳稳涵养的节奏,以及温婉宽厚的品性。下阕细化木芙蓉的特质,凸显木芙蓉包容世界、跨越时间的美好品质。

"花艳怜花吐嫩芽,花稀展叶护花丫。花残秋绽拒霜花。"上阕三句的"花艳""花稀""花残",写木芙蓉之外群花的三种状态,也表示三个阶段,一年中从群芳争艳逐渐到百花凋零,与此同时,以木芙蓉比之,有两种特质。一是善处下而不争。春光明媚时,百花争相开放,鲜艳夺目,而木芙蓉的枝丫上刚长出一年的新芽。当秋天到来、繁花零落渐逝时,木芙蓉还未开花;当寒气逼得众花凋零褪尽的时候,木芙蓉对抗着霜威无畏绽放。木芙蓉不与春花争艳,不与夏花争荣,只待深秋静放,散发着独立而优雅的气质。二是责己而厚人,体

浣溪沙·木芙蓉

现在"怜""护""绽"三字中。在春天甘为陪衬，心无妒忌，唯生爱怜，以自己的绿叶衬托其他花朵的美。在夏天，用宽大的叶子呵护众花掉落的花瓣，给柔弱的花儿提供依偎之处，想让这繁花再延续驻留。到了深秋，眼见再难有鲜花的踪影，木芙蓉便自己站出来，用热烈的绽放抵御冰霜，不让肃杀的冬天到来。上善若水，木芙蓉拥有的正是这样的品质。

"冬聚花中银似雪，春浇花里粉如霞。夏天红日入花苞。"下阕"冬""春""夏"依次衔接变换，呼应了上阕的时间线，把线性的时间浓缩在了朵朵木芙蓉绽放的生命里。木芙蓉不仅展现了自身在秋天的美，也将冬、春、夏之美都融入了花中。"冬""春""夏"，对应"银""粉""红"三色，木芙蓉的花朵开放后，能够变色，先为白色，其后转为粉色，最后变成深红色。只有把季节装进花心，才有这些颜色，开花的时候，一年四季都在其中。冬天是雪的季节，木芙蓉吸纳冬的气质，也如银雪一样白净。春天是霞光般绚烂的季节，木芙蓉显示出纯情的粉色。夏日阳光灿烂，木芙蓉花变作红日，开得温暖而壮烈。因为内心容纳了四季和天地，所以木芙蓉彰显了极强的生命力，它在寒风中绽开，绽开后又是那么多彩，秋霜越深，颜色越艳。

木芙蓉的节奏是不争，木芙蓉的品质是包容。最重要的是，木芙蓉总能顺应季节的变化，在需要时绽放出芬芳和美丽。

循天道而生长,生命便是一场与美好的相遇。

四、识花

木芙蓉,锦葵科木槿属,木本植物。因其生于陆地,皎若芙蓉,香亦类之,故名"木芙蓉",又名"三变""拒霜"。木芙蓉小枝上有细绒毛;叶片为卵状心形,托叶为披针形,常早落;花单生,花萼为钟形,花冠初为白色或淡红色,后逐渐变为深红色;果实为扁球形,有淡黄色的毛附着。木芙蓉始开于仲秋,花期8—10月。木芙蓉是成都市花,因此成都又被称为"蓉城"。

唐代白居易《长恨歌》中有"芙蓉帐暖度春宵",后人据以传唐玄宗喜欢芙蓉花,因其开如春帐,将霜雪拒在帐外,故名"拒霜"。宋代宋祁《添色拒霜花赞》云,芙蓉花"生彭汉蜀州……始开白色,明日稍红,又明日,则若桃花然。自浓而淡,花之常态。今顾反之,亦不之怪",指出一般的花颜色先浓后淡,但芙蓉花相反。这是光照强度不同引起了花青素浓度的变化。